부부의 사계절

글 박경자
편집 손병두

부부의 사계절

초판 1쇄 발행 2020년 5월 21일
　　2쇄 발행 2020년 6월 1일

지 은 이 박경자, 손병두
발 행 인 권선복
편　　집 오동희
디 자 인 서보미
전 자 책 서보미
발 행 처 도서출판 행복에너지
출판등록 제315-2011-000035호
주　　소 (07679) 서울특별시 강서구 화곡로 232
전　　화 0505-613-6133
팩　　스 0303-0799-1560
홈페이지 www.happybook.or.kr
이 메 일 ksbdata@daum.net

값 17,000원
ISBN 979-11-5602- 801-7 (03810)

도서출판 행복에너지는 독자 여러분의 아이디어와 원고 투고를 기다립니다. 책으로 만들기를 원하는 콘텐츠가 있으신 분은 이메일이나 홈페이지를 통해 간단한 기획서와 기획의도, 연락처 등을 보내주십시오. 행복에너지의 문은 언제나 활짝 열려 있습니다.

북북의 사계절

글 박경자
편집 손병두

도서
출판 행복에너지

우리 부부는 1968년 10월 10일 결혼했다. 미아리고개 아래 한 옥집 문간방을 전세로 얻었다.

두 사람이 겨우 누울 수 있는 방이었다. 우리의 신혼살림은 이렇게 시작됐다. 비록 가진 것은 없어도 두렵지 않았다. 나는 밖에서 열심히 일했다. 이 길이 가정과 가족을 위한 길이라고 생각했다. 집사람은 안에서 4명의 연년생 애들을 데리고 어렵 게 살았다. 시간이 흘렀다. 아름다운 로맨스로 시작한 결혼생활 이 차츰 의무적인 무미건조한 생활로 변해 갔다. 부부싸움도 잦 았다. 신앙생활도 땅 위를 구르는 낙엽처럼 메말라 갔다.

그럴 즈음 한국에 ME운동이 들어왔다. 1977년 3월이었다. 미 국 메리놀회 마진학 도널드 신부가 도입했다. 우리부부는 운 좋 게도 우리말로 처음 시작하는 ME주말 교육프로그램에 참석할 수 있었다. 금, 토, 일 2박 3일 44시간 동안 진행되는 교육이었다. 마 신부와 3부부가 발표 부부로 팀이 되어 프로그램을 진행했다.

우리는 바쁘게 살던 일상에서 벗어나 우리 결혼생활을 재평가하는 귀중한 시간을 갖게 되었다.

많은 회한과 반성이 뒤따랐다. 눈물도 많이 흘렸다. 삶의 목적이 무엇인지, 나는 누구인지, 부부란 어떤 것인지, 하느님과의 관계는 어때야 하는지 등등…. 나의 인생관도 180도 코페르니쿠스적 대전환이 이루어졌다. 일 중심 가치관에서 관계 중심 가치관으로 바뀌었다. 나는 다시 옛날의 내 아내를 찾았다. 앞으로 어떤 난관이 닥쳐도 부부가 힘을 합친다면 원자탄보다 더 위력이 센 커플파워couple power, 즉 부부의 힘으로 이겨 낼 수 있다는 확신을 갖게 되었다.

ME주말 교육 후에 우리는 우리가 받은 이 은총을 우리만 간직할 것이 아니라 남과 나누고자 하는 열망으로 가득 찼다. 우리 부부는 ME봉사부부로 활동을 시작했다. 나는 직장일을 하면서, 아내는 가사일을 하면서 틈을 내기란 여간 쉽지 않았다. 그러나 강한 소명감은 이런 것들을 이겨 냈다. 그렇게 하여 봉사하는 동안 나에게 정든 직장을 떠나야 했던 억울함, 부부가 떨어져 살아야 했던 외로움, 아내 혼자 빵가게를 운영하며 가계를 책임져야 했던 과중함과 고달픔, 아내가 폐암수술 후 항암치료 받을 때 견디기 어려웠던 고통 등등…. 삶의 굴곡이 있었다.

그런 위기 때마다 버틸 수 있었던 것은 ME 덕분이었다. 또 우리 부부는 한국ME대표부부, 아시아ME대표부부로 봉사할 수 있는 과분한 은총도 받았다.

우리의 결혼생활도 세월이 흘러 어느덧 1년 반 전 결혼 50주년, 금혼식을 맞았다. 집사람이 우리 도곡성당 ME가족들 카톡방에 '부부대화교실' 대표인 양상규, 김미희 부부가 제공하는 대화제목을 보고 에세이 식으로 자기 생각과 느낌을 써서 올렸다. ME 가족들의 반응도 괜찮은 편이었다. 그 글들을 그냥 버리기에는 아깝다고 생각했다.

마침 결혼 50주년을 맞아서 그 글들을 '선물'이라는 제목으로 책으로 엮어서 집사람에게 선물로 주어야겠다고 마음먹었다. 처음엔 몰래 깜짝쇼로 놀라게 해 주고 싶었다. 그래도 필자의 양해를 얻는 것이 도리라 여겨 상의를 했다. 집사람은 펄쩍 뛰는 것이었다. 창피하게 어떻게 책을 만드냐고 단연 거절했다. 그렇게 하여 결혼 50주년 기념선물은 수포로 돌아갔다.

마냥 아쉬웠다. 틈나는 대로 설득을 했다. 겨우 1년 반 만에 승낙을 얻어 책을 내게 되었다.

집사람은 나와 연애시절에 내가 보낸 편지에도 답장을 안 한 사람이었다. 그런 사람이 ME교육을 받은 후 매일 대화를 하면서 편지를 쓰기 시작했다. 이번엔 카톡방에 글을 써서 올리는 용기를 보였다. 그것도 80이 다 된 나이에. 아무튼 사람은 오래

부부의 사계절

살고 볼 일이다. 나는 집사람의 글을 읽으며 내 자신 반성도 많이 했다. 새로운 배우자를 만난 것 같은 기쁨도 맛보았다. 우리 부부 삶의 사계절, 희로애락이 고스란히 녹아 있는 글이었다. 그래서 책 제목을 '부부의 사계절'로 정했다.

집사람의 진솔한 이야기가 읽는 사람들에게 조금이라도 도움이 된다면 편집자인 남편으로서 큰 보람이라고 생각한다.

이 책이 나오기까지 수고와 도움을 주신 행복에너지 권선복 사장님과 편집실 오동희 님, 서보미 님, 비서 김혜경 님, 서영진 님, 인간개발연구원 한영섭 원장님, 전 FKI미디어 김영희 대표님, 양상규·김미희 부부 님, 도곡동성당 ME가족들께 감사를 드린다. 그리고 표지화를 그려 준 막내딸 손유기 마리아에게도 고마움을 전한다. 특별히 축하의 글을 보내 주신 일본 ME대표신부, 아시아 ME대표신부를 지내신 밥 디이터스Bob Deiters 신부님, 한국 ME대표신부, 아시아 ME대표신부를 지내신 김계춘 도미니코 신부님, 한국 ME대표신부를 지내시고 에버그린모임 지도 신부이신 김득권 귀엘모 신부님께 감사드린다.

모든 것을 합하여 선으로 이끄시는 하느님, 찬미와 영광 받으소서. 아멘.

2020.4.12. 주님 부활 대축일에

편집자, 남편 손병두 돈보스코

　지금도 부끄럽습니다. 사람들이 내 글을 보고 이런 것도 책으로 내나 할까 봐 두렵습니다. 하지만 사랑하는 남편의 거듭되는 요청을 거절하는 것도 도리가 아니라고 생각했습니다. 남편의 사랑하는 마음에 응답해야겠다고 용기를 냈습니다.

　돌이켜 보면 우리의 결혼생활 50년도 순탄치는 않았습니다. 그러나 모든 것이 은총이었습니다.

　여기까지 오기는 왔는데 혼자 온 것 같지 않습니다. 주님께서 진흙탕에 빠질 때는 어깨에 메시고, 가슴이 철렁하도록 깊은 심연을 만나면 다리를 놓아 건너게 해 주시고 잔잔한 물가로 나를 이끄시는 주님의 손길을 느낍니다.

　이왕이면 내 글을 읽고 힘들어하는 부부들이 위안과 용기를 얻고 행복해질 수 있다면, 복음의 씨앗이 뿌려져 주님께로 가까이 갈 수 있다면, ME운동이 활성화되어 이 세상을 사랑으로 밝게 빛나게 할 수 있다면 얼마나 좋을까? 기도해 봅니다.

사랑하는 남편 돈보스코에게는 본문의 글을 인용함으로써 내 마음을 전하고 감사를 드리고 싶습니다. 또한 넘치는 격려와 과찬으로 나의 책 출판을 축하해 주신 세 분의 신부님께도 감사의 인사를 올립니다. 도와주신 많은 분들께도 감사를 드립니다.

(2020.4.12.)

"돈보스코는 낙천적인 사람입니다. 분수를 아는 겸손한 면도 있습니다.

그러나 전경련 부회장 때였습니다. 새 정부의 경제정책을 비판하는 돈보스코가 그들의 눈에는 가시 같은 존재였습니다. 어느 3류 신문에서 하지도 않은 '손병두 부회장 사임'이란 기사를 써 놓고 언론 플레이를 하며 기정사실화하려고 조여 올 때, 두말없이 걸어 나왔지만 달리던 기차가 끼익 급정거하듯이 어이없어했습니다. 성당 미사 중에 힘들어해서 겨우 영성체만 하고 집으로 돌아왔죠. 진땀을 흘리며 한숨 자고 평온을 찾았지만 쾌청하지는 않았습니다.

남편 주위를 돌면서 주의를 기울였지요. 불편하지 않게 헛소리 같겠지만 위로를 했죠.

캄캄하고 난감한 마음을 이불로 덮어 버리고, 오로지 돈보스코에게만 집중했죠. 꿈을 조율하고 허들을 낮추고는 오로지 남편 쪽으로 생각을 모으고 보살폈습니다.

제 마음도 천 길 낭떠러지에 매달려 있는 듯 불안했습니다.

그러나 돈보스코를 우선으로 했죠. 마치 돈키호테의 사랑이 알돈자를 둘시네아로 변화시켰듯이 최선의 노력을 다 했지요.

저는 돈보스코가 회사에 있을 때 신임을 받았던 것을 압니다.

당신이 먼젓번 회사에서 어려움을 당했을 때도, 꿈에도 가고 싶었던 유학을 갈 수 있는 기회가 마련되지 않았느냐며, 이번에도 무엇이든 마련되어 있지 않겠느냐며 위로했습니다.

솜사탕이 녹아내리듯, 별 의미를 남편에게 주지는 못했지만 최선을 다해 위로해 보려고 애썼습니다.

이때 롤러코스터를 타듯, 또다시 덮친 굴곡에 짓눌려 부서져 버렸다면, 지금의 삶이 더 어려웠을 텐데, 하늘이 무너져도 솟아날 구멍이 있다고, 둘이 서로 위로하며 쳐내려오는 날벼락을 용케 피한 것 같습니다.

정말 있는 것은 아무 것도 버릴 것이 없고, 없어도 되는 것은 하나도 없는 것 같습니다.

그때 그만두고 잘 견디었기에 서강대학교 총장도, 국무총리 후보도 되어 본 것 아닐까요?"

부부의 사계절

중앙일보

> " 폐암 투병 중 아내
> 무슨 일 당하면
> 그건 내 천추의 한
> :
> 총리감은 많지만
> 아내 돌볼
> 사람은 나뿐 "

총리 후보 거론되는 손병두 총장의 고뇌

"집사람에게는 나밖에 없다. 대체할 사람이 없다. 집사람이 건강을 회복하는 게 급선무다."

새 정부의 총리 후보군 중 한 사람으로 거론되는 서강대 손병두(67) 총장이 15일 이 같은 심경을 피력했다. "아픈 아내를 돌보기 위해 총리직을 수행하기 힘들다"는 얘기였다. 그의 부인인 박경자(65)씨는 1년 전 폐암 수술을 받고 투병 중이다.

"(총리로서) 부족한 사람인데 왜 내 이름이 나오는지 모르겠다"던 그는 어렵사리 말을 이었다. "집사람이 수술한 지 1년밖에 안 돼 건강이 아직 불안정하다. 총리야 나 말고 많은 사람이 있지 않은가"라고 했다.

ー총리 하마평에 오르내린다.

"집사람이 건강을 회복하는 게 급선무다. 그 후 나랏일을 봐도 보는 게 아닌가."

ー이명박 당선인이 '글로벌 총리' 론을 얘기한 뒤 손 총장에 대한 관심이 더 높아졌다.

"그건 모르겠다. 전혀 연락 오거나 한 사실이 없다. 난 아니라고 생각한다. 서강대 총장과 대학교육협의회 회장으로서 열심히 일하는 게 국가를 위한 길이라고 여긴다. 그래서 집사람 얘기를 안 하려다가 하는 거다."

손 총장은 최근 지인들에게 "총리 일 하다가 집사람이 잘못되면 평생 같이 살아온 사람에게 천추의 한으로 남을 텐데 어떻게 해외 출장을 다닐 수 있겠느냐"는 말도 했다고 한다. 이 당선인이 14일 신년 기자회견에서 "총리는 세계 시장을 다니면서 지원 외교 등 해야 할 역할이 많다"고 한 말을 염두에 둔 듯했다.

손 총장은 그간 "교육계에 할 일이 많다. 집안일도 있다"며 고사 의사를 피력해 왔을 뿐 '집안일'에 대해선 별다른 언급을 하지 않았었다. 이 당선인 측이 손 총장의 사정을 알고 있는지 확인되지 않았다. 다만 "부인이 아프다"는 정도는 인지했을 가능성이 있다. 이 당선인이 손 총장의 사정을 염두에 둔다. 그래서 앞으로 총리 후보군에도 변화가 올까.

사실 이 당선인이 글로벌 총리론을 밝힌 뒤 하마평에 미묘한 변화가 있어 왔다. 전경련 상근부회장과 기업 경력을 가진 손 총장이 앞서간다는 관측이 나왔다. 외무장관과 주미 대사를 지낸 한승주 고려대 총장 서리, 충북 오송에 400만 달러 외자 유치를 한 이원종 전 충북지사, 학자로서 해외 경험이 풍부한 이경숙 인수위원장 등도 유력 후보군으로 거론되고 있다. 일각에선 정치형으로 분류되는 박근혜 전 대표와 심대평 전 충남지사도 각각 외교, 투자 유치 경험이 있어 여전히 후보군이란 주장도 있다.

이 당선인과 가까운 한 인사는 "이 당선인이 글로벌 총리론을 얘기한 뒤 별말씀이 없다"며 "마음속에 누군가 있을 텐데 그게 누군지는 임박해서야 얘기할 것"이라고 말했다. 이어 "지금 당장은 직업이 훨씬 방대한 장관 인선에 신경 쓰고 있을 것"이라고 전했다. 시간이 흐른 뒤에야 이 당선인의 뜻이 분명해질 것이라 예고했다.

고정애·정강현 기자
ockham@joongang.co.kr

Madame For Example, 율리아나의 책 발간을 축하하며

밥 디터스(Bob Deiters) 신부

| 전 일본 ME대표신부. 아시아 ME대표신부

먼저 율리아나가 책을 출간한다는 소식은 나에게 행복한 놀라움을 안겨 주었다. 돈보스코, 율리아나 부부와 아시아 ME대표팀으로 봉사할 때가 엊그제 같다. 우리는 서울과 동경을 오가며 아시아ME회의, 세계 ME회의 준비를 했다. 내가 서울에 가면 돈보스코 집에서 머물렀다. 그래서 가족들과 가깝게 지냈다. 돈보스코, 율리아나가 동경에 오면 일본 ME대표부부 요지, 요코 집에서 머물렀다. 우리 아시아대표팀은 매년 아시아 12개국에서 온 ME대표부부와 신부들이 참석한 회의에서 회의를 주재하고 개막 프레젠테이션을 해야 했다. 주제발표 때 나는 주로 신학적인 측면에서 이야기하고, 돈보스코는 이론적인 뼈대를 말했다. 그러면 율리아나가 구체적인 사례를 들면서 살을 붙였다. 이렇게 분업체제로 발표를 했다. 이때 율리아나는 비록 영어로 말했어도 결혼과 가정생활에서 체험한 일에 관한 비유와 느

낌들을 특별한 재능과 감성으로 잘 묘사하여 사람들을 몰입하게 했다. 사람들이 졸다가도 율리아나가 'For Example' 하고 말을 시작하면 모두들 귀를 쫑긋하고 경청을 했다. 율리아나 말에 웃음꽃을 피우며 공감하면서 딱딱한 분위기가 부드럽게 변했다. 그래서 아시아 ME가족들은 율리아나를 'Madame For Example'이라고 불렀다.

우리는 미국 샌프란시스코에서 세계 ME회의를 한 후 2박 3일의 여행을 했다. 요세미티 구경, 버클리대학 신학대학 방문, 캘리포니아 서해안 해안도로 1번루트를 따라가며 경치도 구경하면서 예수회 대학들을 방문했다. LA 로욜라메리마문트대, 산타클라라대 등을 방문한 후 유명한 페블비치를 구경하면서 아름다운 추억을 쌓았다. 돈보스코가 예수회 대학인 서강대 총장을 하면서 내가 근무하는 소피아대학을 방문했고, 나도 돈보스코 초청으로 서강대학을 방문하면서 우리의 교류는 끊이지 않았다. 매년 4월 돈보스코 부부가 JAPAN PRIZE 시상식 참석차 동경에 오면 나와 만나 식사를 했다. 금년 1월달에도 동경에 와서 주일 한국대사관에 근무하는 큰아들 어거스틴 부부와 요지, 요코 부부와 함께 식사자리를 했다.

이번에 율리아나가 부부 대화 주제를 가지고 글을 쓴 것을 책으로 발간한다고 한다. 내가 한글을 알지 못해 읽지는 못했지만 분명 For Example로 글을 부드럽게 잘 썼으리라 믿는다. 아무튼 축하하고 앞으로 좋은 글을 계속 쓰길 바란다. (2020. 3. 20)

비유와 느낌의 여왕, 율리아나의 책 발간을 축하하며

김계춘 도미니코 신부
| 전 한국 ME대표신부. 아시아 ME대표신부

　내가 돈보스코, 율리아나 부부를 만난 것은 육군 군종감실 천주교 군종신부 총대리대령신부로 예편한 뒤 ME운동에 뛰어들었을 때였다. 발표팀으로 주말 봉사를 하다가 돈보스코, 율리아나 부부와 함께 한국 ME대표팀이 되어 함께 일하게 되었다. 우리가 한국 ME대표팀이 된 뒤 마침 미국 뉴욕 럿거스 대학에서 미국 캐나다 동부지역 ME 25주년 대회가 열리게 되었다. 특별히 우리 한국 ME가 초청받아 참가단을 조직하여 30여 쌍이 함께 참가하게 되었다. 그곳 교민 ME가족들과 함께 대회에서 한국말로 진행하는 특별 세션을 만들었다. 대회 공식언어는 영어, 불어, 스페인어였다. 그런데 한국 참가단을 배려하여 한국말도 공식언어로 채택되어 동시통역이 이루어졌다. 한국 참가단은 대환영을 받았다. 정말 ME가 세계적 운동이라는 것을 실감할 수 있었다.

　우리는 한국을 대표하는 ME신부와 부부로 한 팀이 되어 아시아 ME회의에 참석했다. 한국 ME가 아시아 ME회의에서 차지하는 비중이 컸으므로 우리의 영향력도 컸다. 인도 뭄바이에서 개최된 아시아 ME회의에서는 방글라데시에서 첫 ME주말을 보급하는 데 필요한 경비를 한국 ME가 부담하기로 했다. 그렇게 하여 한국 ME는 아시아에서 더욱 비중 있는 공동체로 책임을 다하게 되었다. 우리 대표팀이 하나로 잘 뭉쳐서 헌신적으로 봉사하는 모습은 다른 아시아지역 ME에서도 매우 부러워하였다. 이런 모습들로 인해 돈보스코, 율리아나 부부가 아시아 ME 대표부부로, 내가 아시아 ME 대표신부로 선출될 수 있었다.

돈보스코, 율리아나 부부와 함께 일하면서 아시아 회의에서 제공되는 좋은 주말 후 교육프로그램을 열심히 한국에 소개하였다. '우리는 세상의 빛' 이라는 ME소식지를 계간으로 발간하면서 좋은 교육프로그램, 세계, 아시아 ME의 뉴스 등도 소개하면서 한국 ME 공동체의 대화의 광장을 마련했다. 이렇게 하면서 우리는 참으로 가깝게 지냈다. ME주말교육 때 우리 셋이 주제에 대해 발표하면 율리아나는 적절한 비유와 느낌을 잘 묘사하여 듣는 사람들의 공감을 샀다. 그래서 ME부부들은 율리아나를 비유와 느낌의 여왕이라며 칭찬을 하기도 했다. 이번에 율리아나가 부부대화질문에 대해 쓴 글을 책으로 발간한다고 하니 축하를 드린다. 책을 읽는 분들에게 적절한 비유와 느낌을 통해 많은 도움이 되리라 믿는다.

(2020. 3. 18)

ME공동체 화합의 윤활유, 율리아나의 책 발간을 축하하며

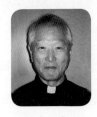

김득권 귀엘모 신부

| 전 한국 ME대표신부 에버그린 지도신부

내가 신림동성당 주임신부 때였다. 돈보스코, 율리아나 부부가 신림동 삼성 사우촌으로 이사를 왔다. 처음 성당 미사에 참예하여 인사를 나눈 다음 대뜸 신림동 성당에 ME를 도입하면 좋겠다고 말했다. 그 당시 나는 미니꾸르실료를 우리 본당에 정착시키기 위해 정열을 쏟고 있던 때라 귀에 들리지 않았다. 그 뒤에도 꾸준히 나를 설득하는 것이었다. 한번은 인도네시아에서 온 ME부부와 신부님을 모시고 우리 성당에 와서 주일미사를 함께한 다음 차를 마시면서 대화를 했다. 이분들은 아시아 ME 회의에 참석하러 와서 돈보스코 집에서 민박을 한다고 했다. 인도네시아 신부님이 ME는 본당 공동체 활성화에 큰 도움이 될 것이라며 적극 권했다.

나도 미니꾸르실료도 어느정도 정착된 뒤라 ME운동에 관심을 갖기 시작했다. 먼저 본당 사목위원 부부들을 ME교육에 보내고 내가 마지막으로 ME교육을 체험했다. 우리 본당 ME 부부들이 자발적으로 교중미사 후 다과봉사를 했고 부부성가

부부의 사계절

대를 조직하여 교중미사때 성가를 부르는 봉사를 했다. ME부부들이 나눔모임을 정기적으로 가지면서 본당은 몰라보게 활기가 넘쳤다. 이때 율리아나는 겸손하고 조용한 성품으로 신림동 ME공동체의 화합을 다지는 윤활유 역할을 했다. 나도 차츰 ME운동에 적극적으로 참가하면서 ME가 "세상을 변화시킬 수 있다"는 확신을 가졌다. 나도 한국 ME대표신부가 되었고 지금은 은퇴한 ME봉사부부 모임인 에버그린모임 지도신부로 ME가족들과 끈끈한 관계를 유지하고 있다. 마침 율리아나가 부부대화주제에 대해 쓴 글을 책으로 낸다고 하여 발간이 기다려진다. 분명 ME부부뿐만 아니라 일반 부부들에게도 유익한 글일 것이라고 믿는다. 책의 출판을 축하드리며 돈보스코, 율리아나 부부에게 주님 은총이 가득하길 빈다.

(2020. 3. 19)

그 남자, 그 여자

part1

1-1 남편 vs 아내

1-2 원 팀 부부

갈등과 치유의 나날들 _part 2_

행복의 문을 향해 함께 걸으며 part3

part1

그 남자, 그 여자

남편 vs 아내

| 깨어 있는 삶

> 우리가 깨어 있을 때만 하루가 밝아 온다.
>
> – 헨리 데이비드 소로

Q. 내 마음에 휘둘려 스스로 자신을 통제하며 살지 못할 때, 나는 어떤 느낌이 듭니까?

A. 내 감정이 남의 말에 따라, 그리고 내면에 저장된 패턴, 즉 외적·내적 줄에 의해서 조정된, 조건 반사로 사는 것 같습니다. 마

치 좀비처럼요. 내 자신의 결핍을 조금만 건드리기만 하면 섭섭하고 적이 됩니다. 비극이 보장된 삶을 살고 있는 것 같습니다. 이런 삶은 현실을 살아 내는 것이 아니라 조건반사와 고정관념에 지배된 삶입니다.

남편이 바쁜 아침 시간에 거들어 주기는커녕 보이지 않을 때 어깨가 축 늘어지고 순간 팽개치고 싶습니다. 도와주지도 않고 핸드폰만 보고 있을 것처럼 생각돼 은근히 화가 났던 겁니다. 제가 어느 날 무거운 것을 들다가 근육에 통증이 왔습니다. 뒤척일 때마다 끙끙 소리가 절로 나는데 오래전에 성지순례를 같이 갔던 분이 좋은 파스라면서 준 것을 돈보스코가 기억해서 찾아다 붙여 줄 때 최고의 의사를 만난 것처럼 든든하고 고통도 많이 없어졌습니다.

이 모든 것은 소속되고 싶은 제 내면의 패턴 때문에 일어나는 조건반사였던 것 같습니다. 객관적으로 스스로를 관조하면 화날 일도 아닐 수 있었는데 제 내면의 결핍 때문에 중요한 일을 하고 있는 남편에게 억측을 하며 신경질을 부린 것 같아 계면쩍을 때도 있더라구요. 제 안의 고정된 피해의식을 잘 단속하는 것은 스스로의 몫인 것 같습니다.

젖소에게 음악을 들려주면 우유가 잘 나온다는데 나도 소 같아서일까? 순수한 의식, 순수한 현실에 깨어 있지 못하고, 무의식의 패턴인 판단, 습관, 강박감, 결핍에 휘둘릴 때 속상합니다.

내 자신이 쓰레기 같고, 힘들게 살게 됩니다.

무의식에 지배되지 않고 지금 순간 있는 그대로 더하거나 빼지 말고 현실을 그대로 관조할 수 있었으면 좋겠습니다. 그러면 뇌도 진정되고, 야훼 하느님께서 사람을 창조하시고 '보시니 좋았다'고 하신 것처럼 고요하고 아름다운 삶에로 초대하신 대로 평화로운 삶을 살 수 있지 않을까요?

2018. 8. 24.

| 결혼의 본질

사랑을 하고 있는 사람의 귀는 아무리 낮은 소리라도 다 알아듣는다.

– 셰익스피어

Q. 배우자의 사랑을 느끼지 못할 때 나는 무엇으로 채우려고 합니까? 이 때 나의 느낌은?

A. 실천적 사랑은 전 존재를 걸고 평생 동안 책임과 의무를 다하며 배워야 하는 사랑이랍니다. 어렵고 중노동이며 불굴의 용기가 요구되며 고통을 견뎌 내는 것이랍니다. 어렵지만 스스로

를 버리고 자기희생을 할수록, 스스로를 완전히 회복하는 대단함이 생깁니다. 이는 악함을 정복할 뿐만 아니라 '신'의 모습을 갖고 있는 또 하나의 '나'이기 때문에 살아 있는 생명체라면 사랑해야 한다고 합니다.

'나는 존재한다 고로 사랑한다'라고 합니다.

저는 돈보스코에게서 냉기류를, 서로 보듬는 대신 할퀴고 꼬집는 것 같은 엉뚱하고 이해할 수 없는 일을 당할 때 단절을 느낍니다. 땅인지 웅덩이인지 균형이 잡히지 않게 심란해집니다. 피하고 싶지요. 어디론가 떠나고 사라지고 싶어집니다. 함께 있을 때면 연기가 꽉 찬 방에 갇혀 있는 듯이 답답합니다. 후회로 흥건한 나를 수습하려 허우적대지만 낭떠러지로 밀려나는 것 같습니다.

너무 쉽게 조건 없는 사랑을 욕심낸 것 같습니다. 앞뒤 안 보고 코앞의 것만 보고 결판내는 막가파 식의 가치관으로 증오하는 삶을 산 건 아닌지? 견뎌 내는, 배워야 하는 학문일 수도 있는 것을. 받아들이고 겸손하며 용서하는 관계를 성립하며 살아내야 하는 부부관계를 소홀히 한 것을 후회합니다.

지옥을 천국으로 만드는 힘, 존재한다면 무조건 사랑하는 것, 죽어 있는 가정이 아니기 위해서 조건 없는 사랑을 해 보려고, 안간힘을 써 보려고 결심해 봅니다.

2018. 05. 11.

| 결혼의 이유

> 결혼의 진정한 의미란 완전한 사람, 그리고 삶으로부터 도망치지 않는
> 책임감 있고 자율적인 존재가 되도록 서로 도와주는 것이다.
>
> – 폴 투르나에

Q. **내가 배우자와 결혼한 이유는 무엇입니까? 이에 대한 나의 느낌은 무엇입니까?**

A-1. 오늘 임병헌 신부님께서 자연의 징표인 비가 올 것인지 맑을 것인지는 읽으면서, 시대의 징표는 깨닫지 못한다고 하셨습니다. 시대의 징표는 내 안에 선을 행하려 해도 악마가 옆에서 막는 이중성의 삶을 살고 있는 우리네 현실을 뜻합니다. 선을 행할 수 있는 성령이 지배하는 삶을 사느냐, 악마가 지배하는 삶을 사느냐에 따라서 지금의 삶이 은총이 될 것인지 죽음과 같아질 것인지 판가름 나게 되고 이는 내가 선택하는 것이라고 하셨습니다.

내가 결혼한 이유는 특별하지 않습니다. 부모님의 삶처럼 관례에 따라 성실한 돈보스코를 만나서 가족을 일군 거죠. 결혼에 따르는 의무가 어느 정도로 무거운 것인지 몰랐습니다. 마치 아

이를 낳을 때 얼마나 아픈지 모르고 임신한 것처럼요. 아이를 양육하고, 생계를 꾸려 나가야 하고, 숨 막히는 순간들을 참아 내야 하고, 시댁과의 관계를 원만하게 유지해야 하고 등등의 산적한 것들을 미처 몰랐습니다.

살면서 부딪히는 소리가 천둥소리처럼 와닿을 때도 있었습니다. 장마로 모든 것이 떠내려 간 듯이 허망한 순간도, 기가 막혀 다리에 힘이 빠져 고무다리처럼 설 수도 없이 흐느적거릴 때도 있었습니다.

이를 악다물어 보기도 했고, 네 팔다리를 허우적거려 보기도 하는 동안 무심히 세월이 흐르더라고요.

지금 와 생각하니 제 안에 있는 수많은 나, 악의 지배를 받는 나, 성령의 은총을 받기도 하는 나, '나'가 많더라고요. 죽음의 삶을 살 것인지 은총의 삶을 살 것인지 스스로에게 선택권이 있는지도 모르고 그냥 휩쓸려 산 것만 같아요. 징표를 읽을 수만 있었다면 백전백승은 아니더라도 많은 부분 살려 낼 수도 있는 경우들을 죽음의 골짜기로 내몰았던 후회가 가슴을 칩니다. 앞으로 징표를 아로새겨 성령의 열매처럼 아롱다롱 아름다운 삶을 살아 보려고 합니다. 아직도 나머지 시간이 있거든요.

2017. 10. 27.

A-2. 요즘 미사 중 임병헌 신부님께서 전해 주시는 말씀 때문에 편안함을 느낍니다.

내가 부자임을 알게 되고, 공기도 공짜, 흰 구름도 공짜, 숲을 보는 것도 공짜임을 알게 되고, 농부가 씨 뿌리면 어떻게 싹이 나오는지도 모르게 싹이 트듯이, 언제 크는지도 모르게 마음이 커지기도 하고, 과학으로는 증명할 수도 없는 사랑도 할 수 있고-

그뿐입니까? 돌아갈 곳이 있는 삶, 죽음 너머에서도 손잡아 줄 익숙한 하느님 계시고, 하느님 품에 안길 수 있으니, '삶'과 '죽음' 모든 것을 행복으로 보장해 주시는 신부님 강론을 들으면 어깨가 으쓱해져요. 공치기를 하다 힘 빠져 공이 땅에 구르려 할 때, 옆에서 힘껏 쳐 주시는 신부님 강론 덕택에 가라앉지 않고 힘 돋우고 있습니다.

저와 돈보스코의 결혼은 우연으로밖에 생각할 수가 없습니다.

처음 만나게 된 동기도 하찮고, 멜로 드라마처럼 한눈에 끌리게 된 것도 아니고, 성실하고 착한 사람으로 여겨졌을 뿐이거든요. 그러니까 콩깍지가 낀 것도 아니었습니다.

함께 산다는 것이 만만치 않더라고요.

나도 나를 모르는데, 돈보스코와 함께하기는 너무 무리였죠.

울퉁불퉁한 시골길 마차를 타고 있는 듯이 모든 것이 이리저리 쏠리고 앞이 갈팡질팡 안 보이는 듯했습니다.

살아가면서 나의 결점이 돈보스코의 장점으로 메워져 황급함을 면할 수가 있었습니다.

서로가 젓가락처럼, 짝이 있는 짚신처럼, '있어야 할 사람'으로 인식되기 시작했습니다.

남편에게 몰입하기 시작했습니다.

따뜻한 사람, 정이 깊은 사람, 마음이 고요한 사람, 남의 어려움을 자기 일처럼 기도하는 사람-

제가 무엇이기에 하느님, 이렇게 선량한 사람과 일생을 동반자로 살게 해 주십니까?

나의 편견이 얼마나 표피적이었나, 돈보스코를 얼마나 깊이 보지 못한 건가.

인연은 하느님께서 맺어 주시는 건데 제가 건방지게, 돼지가 진주를 못 알아보듯이 함부로 살아갈 뻔했습니다.

너무 늦었지만 요즘 철이 들어가는 것 같아요.

감각에 의존하지 않고, 돈보스코에게 몰입하려고 합니다.

그랬더니 기쁘고, 자유롭고, 행복합니다.

2019. 02. 01.

| 남자와 여자의 자기평가

> 인간은 분수와 같다. 분자는 자신의 실체이며
> 분모는 자신에 대한 평가를 의미한다. 분모가 클수록 분자는 작아진다.
> — 톨스토이

Q. 배우자가 어느 때 자신을 과대평가 혹은 과소평가를 한다고 생각합니까? 이때 나의 느낌은?

A. 욕망과 능력에는 간극이 있다고 합니다. 삶에는 꽃피는 봄, 불같이 일어나는 여름, 다 떨어지는 가을바람의 입추, 당하게 한 사람, 당한 사람, 모두 황당한 겨울을 자기 힘으로 '마디'를 감당하고 견뎌 내야, 배짱이 생겨 인생의 행운을 맛보는 것이 생명의 리듬이라고 합니다.

왠지 가녀린 남자는 불안해 보이던데요. 나는 종말에 훈련·단련된 자가 진짜 남자 같습니다. 돈보스코는 집에서 저와의 관계가 수평적이지 않고, 수직적으로 아주 양반으로 살려는 사고를 가지고 있는 것 같습니다. 집 안의 어떤 것도 손도 까딱하지 않는 것을 당연하게 여기는 것 같아서 답답합니다. 손님을 초대할 때도 자기도 손님처럼 식탁에 앉으면 되는 걸로 생각되나 봅니다. 청소, 정리정돈, 부엌에서 끓이고 반찬 챙기고, 상 놓고,

수저 정리 등등의 일이 산적해 있어도 다 차려 놓고 부를 때까지 코도 안 보이는 때가 대부분입니다. 어떤 때는 주저앉을 듯이 힘이 쭉 빠질 때도 있습니다.

돈보스코는 집에서 대접받아야 한다는 과대평가에 안주하고 있는 것 같아서 가능한 대로 우리 집 돈키호테로 인정하려고 하지만, 힘에 부칠 때는 스트레스를 받아 음식 맛이 짜질 때도 있다니까요.

그래도 삶의 '마디마디'를 넘어가야 하는 남편이니까 서운할 때도 있지만 힘을 북돋아 주고 싶습니다. 그 정도의 배짱은 필요충분조건이라고 객관적으로는 생각되지만 힘에 부치는 것은 확실합니다.

2018. 01. 18.

| 나를 변화시킬 수 있는 사람

> 이 세상에서 우리를 변화시킬 수 있는 유일한 사람은
> 우리 자신밖에 없다.
>
> – 괴테

Q. 배우자가 나에게 자신의 방식을 강요할 때 나는 어떤 생각이 듭니까? 이때 나의 느낌은?

A. 시점이 내 쪽에서 보면 가깝게 보이더라도 상대방의 시점에서 보면 멀 수도 있지 않을까요?

부부가 살면서 상대방은 다르게 보이는데 똑같이 보기를, 내 방향으로만 보기를 바라는 것 자체가 벌써 모순이 아닌가요? '주'와 '객'이 합일이 되도록 만드는 것이 주체와 객체 모두 감각적으로 제대로 보는 것 아닐까요? 나를 신의 위치와 동일시하는 동일성의 오류, 조금 알면서 다 아는 체 나를 따르라고 강요하면 당연히 갈등과 썩음의 냄새가 풍기지 않을까요?

대부분 저의 삶은, 제가 아파서 병원신세를 지게 되는 경우 외에는 거의 남편 돈보스코의 생활방식을 따릅니다. 조문을 가거나 돈보스코 친지 모임에 곁들여 가기도 하고, 제 동창 모임이 아닌 남편 동창 부부동반 모임에도 얹혀서 갈 때도 있지요. 하나같이 이질적이고 긴장되고 조심스러운 모임입니다. 그래도 모종을 당한 듯이 적응해 보려고 애를 씁니다. 이 나이에 다른 존재로까지는 바뀔 수 없겠지만 탈 없이 시간을 보내 보려고 눈치껏 합니다.

생각해 보면 새로운 만남이, 모르는 곳으로 여행을 떠나듯 기대를 가지고 새로운 것을 경험하는 설렘일 수도 있는데, 저는

부부의 사계절

좋은 기회를 끌려가는 기분으로 처리해 버린 것이 아깝습니다. 돈보스코의 일정에 따라나서야 하는 일이 내키지 않다는 것에만 집중해서 저의 감각을 우물 안에서 해방시킬 수 있는 일종의 '해체의 기회'를 놓친 것 같습니다. 남편의 행사에 가도록 강요한다고만 생각할 게 아닌 것 같습니다.

어떤 상황에서든지 스스로를 변화시킬 수 있는 사람은 오직 자신뿐인 것 같습니다. 평안 감사도 저 싫으면 그만이라고 하듯이 좋은 것을 좋게 쓸 수 있는 것도 오직 나 자신뿐인 것 같아요.

2018. 08. 03.

| 진실한 동반자

> 당신은 나의 동반자. 영원한 나의 동반자.
> 내 생애 최고의 선물, 당신과 만남이었어.
>
> − 가요 「동반자」 가사 중에서

Q. 배우자가 필요로 하는 진실한 동반자가 되기 위해 내가 좀 더 노력해야 할 점은 무엇입니까? 이에 대한 나의 느낌은?

A. 새벽 일찍 이틀 전 출장에서 돌아온 돈보스코가 다시 출장을 떠났습니다. 아래와 같은 메모를 보내고서요.

'탑승 게이트 앞에서 일행들과 커피를 마시면서 탑승시간을 기다리고 있습니다. 아침 일찍 식사를 챙겨 주신 분은 오로지 박 율리아나뿐입니다. 감사합니다. 잘 다녀오겠습니다.'

남편의 쪽지 메일이 내내 큰 힘이 되었습니다. 아주 작은 격려가 분주했던 아침, 고된 하루를 버티게 해 주는 힘이 되더라고요.

나는 남편의 긍정적인 면보다는 서로 발전하기 위해서 고쳐야 할 점을 찾아 지적하는 코치의 역할을 하려고 한 것 같습니다. 빨래를 뒤적이며 샅샅이 얼룩을 찾아내듯이 날카로운 시선으로 돈보스코를 지적한 건 아닌지? 새싹을 빨리 자라라고 끄집어 당겨서 뿌리가 안착되기는커녕 말라 버리게 만드는 역할을 한 것은 아닌지?

돈보스코의 말 한마디, 작은 격려가 나를 신나게 해 주듯이, 나도 남편의 전쟁터 같은 생활에 활력을 불어넣어 줄 수 있는 날을 장식해 주고 싶습니다. 오늘부터는 지적하는 버릇을 고치려고 노력하려고요. 대신 화사한 칭찬을 해 보려 합니다.

2018. 04. 28.

부부의 사계절

| 남편은 아내의 사랑스러움을 가꾸는 정원사

> 신이 세상에 준 가장 아름다운 것은 여자이고, 그 다음은 꽃이다.
>
> – 크리스티앙 디오르

Q. 남편의 너그러움에 감동했을 때는 언제이며 이때 나는 어떤 느낌이 들었습니까?

A. 며칠 전 신문에서 읽었던 기사가 기억이 나서 적어 봅니다.

우리가 살고 있는 결혼의 형태는 지금 현대의 삶에는 맞지 않는 옷과 같습니다. 가사와 바깥일을 분리하기 어려운, 여자가 외부 경제활동을 하기 어려웠을 때의 형태라는 겁니다. 여자도 경제적인 활동이 수월해지고, 식생활도 간편히 할 수 있게 환경이 바뀌었다는 거죠. 이제는 부부가 종속의 관계가 아닌 조력자의 관계로 바뀌어, 더치페이 부부 관계가 되었답니다. 그래서 결혼은 디저트라는 거예요. 디저트는 건너뛸 수도 있다고 하네요.

아이를 기르는 것, 가구를 장만하는 것, 모두가 공동 출자를 하는 형식으로, 그러면서도 한집에 사는 '더치페이 부부'라고 하더라고요. 빼빼로 데이에 부부로 만난 남편분이 예쁜 포장의 빼빼로를 아내에게 선물해 주었습니다. 아내는 기분이 흐뭇해 보였습니다. 그 남편분이 좋아보였고, 멋있어 보였습니다. 내 남편은 이런 것에 대해 영문을 모르는 것 같았습니다.

요 며칠 전 베토벤의 '황제'를 심포니와 함께한 피아노 연주를 들을 기회가 있었습니다. 같은 피아노, 악보이지만 연주자에 따라서 엄청난 차이가 있지 않나요? 피아노 연주자에 따라 다른 음색이 선보여지듯이 부부 사이도 어떻게 가꾸어 가느냐에 따라 결과가 다른 것 아닐까요? 특히 요즘처럼 더치페이 부부라는 말까지도 나올 수 있는 문화, 환경에서는 특히 서로를 당기는 매력이 중요한 것 같습니다.

9년 만에 큰딸이 낯선 땅 미국에서 생활터전을 잡기 위해 안간힘을 쏟다가 친정에 왔습니다. 건강검진도 샅샅이 하고 떠나기 전에 살았던 정취도 느끼고 싶어 해서, 제가 노구를 이끌고 양재천, 달터 공원도 가 보고, 정신없이 침식을 담당했죠. 힘겨웠습니다.

둘이만 들락거리던 빈 둥지에 한꺼번에 쏟아져 들어온 딸의 식구들과 7일간 힘에 부치지만 즐거운 시간을 지내다 떠나보냈습니다. 오면 좋고 가면 더 좋다는 말이 실감이 났습니다.

물론 돈보스코한테는 소원한 게 많았고, 상가집 상주 남편의 일꾼 노릇을 해야 했습니다. 데면데면한 남편인 줄 알았는데 아주 얌전하게 상도 준비해 주고 덜렁거리는 제게 좋은 역할을 해 낸 주연처럼 추켜 줄 때 피로감이 썰물처럼 밀려 나가더라고요.

부부의 사계절

냉장고에 안 먹는 것 싹 치우라는 것 빼고는 역할이 만점이었습니다. 그래도 우리는 힘든 것 뚫고 로맨스그레이를 즐기려 합니다. 더치페이 부부는 우리 부부에게는 더욱 안 맞는 닭살 패션 같아요.

2017. 11. 12.

| 남편을 다루는 기술

> 아내(남편)는 알아야 할 것이다.
> 남편(아내)이란 자신이 만들어 낸 작품이라는 것을.
>
> – 발자크

Q. 배우자에게 감동하고 고마운 마음을 갖게 될 때는 어느 때입니까? 이때 나의 느낌은?

A. 요즘은 남자도 화장품 가게를 들락거린다 합니다. 어깨가 좁고 긴 머리를 한 남자는 성별 분별이 어려운 것 같습니다.

남편은 할머니하고 사는지, 어머니하고 사는지, 보살핌을 받으려만 하지 움직이는 것을 싫어합니다. 옆에 있는 물컵도 멀리 있는 나를 불러서 갖다 달라고 하거든요. 제가 능동적으로 대처하고 돈보스코는 수동적인, 사랑받고 싶어 태어난 사람 같습니다.

집안의 귀찮은 일, 세금을 어떻게 내야 한다든가, 주민센터에 가야 한다든가 하는 하찮은 일은 제가 쫓아다녀야 합니다. 숙명적으로 심청이 심정으로 일을 끌어안고 환생해 보려고, 받아들여 평온을 얻으려 하고 있는지도 모를 인내심을 끌어내 보려고 안간힘을 써 봅니다.

여자를 다루는 기술이 우리 집은 남편한테 있는 것 같습니다. 남편은 제가 만들어 낸 작품이 아니라 스스로 자생한 것 같습니다.

그래도 감기 안 걸리게 단단히 옷을 입으라고, 목이 썰렁해 보이니 스카프를 해 보라는 등, 그리고 비행기 이코노미 좌석을 탈 때 공기를 불어넣어 발 받침이 될 수 있는 풍선을 준비해 줄 때, 나를 편안히(같이 편하게 되는 것이지만) 갈 수 있도록 신경 써 줄 때는 고맙죠. 동행했던 분들이 어디서 이런 풍선 발 받침을 샀느냐며 부러워들 했거든요. 이번 성당 가을 나들이 때도 그 풍선 발 받침을 가지고 가서 소나무 숲 땅바닥에서도 의자에 앉은 듯 편안히 앉아서 미사를 했습니다.

제가 먼저 잠을 자려고 자리에 들어 있으면 자는 줄 알고 살금살금 문을 열어 보고 조용히 할 때도 나를 아껴 주는 잔잔한 행복이 밀려옵니다.

나는 밖에서 먹지만 당신 이렇게 단백질 고기를 안 먹고, 달걀로 될까? 고기 좀 먹지, 이렇게 염려해 줄 때도 어깨가 펴지는 듯 든든함을 느낍니다.

이처럼 나를 다루는 기술은 돈보스코가 월등합니다. 내가 못 미치지요. 역설적으로 그래서 남편이 미더운 것 아닐까요?

2017. 11. 09.

| 남편의 거짓말

> 진실을 말할 용기가 부족한 사람이 거짓말을 한다.
>
> – 밀러

Q. 내가 배우자에게 거짓말을 하게 될 때는 어떤 이유에서입니까?

A. 쇼윈도에 예쁜 블라우스가 걸려 있었습니다. '어휴, 값이 대단하네'라고 말했더니 돈보스코가 5만 원은 비싼 것 같다는 거예요. '여보 50만 원이야'라고 했더니 절 보고 잘못 봤답니다. 이 여자 살림 잘할 여자 아닌 듯 그걸 그 값으로 보면 어떻게 당신

을 믿을 수 있느냐는 듯 허술한 여자 취급을 받아서 다시 가던 길을 돌아서 쇼윈도 앞에 서서는 또박또박 세어 보았죠. 50만 원짜리가 맞았어요. 허망한 듯 홍두깨로 한 대 맞은 듯 정신 못 차리는 남편을 보면서 돈보스코의 건강을 위해서도 값을 속여야 한다고 마음을 먹었죠. 자주 현기증 낼 일 없잖아요. 돈보스코는 8,000원 주고 머리를 깎고 팁 2,000원 주고 온다나요. 그러니 내 미장원 헤어 비용을 솔직히 말할 수는 없었습니다. 돈보스코 마음의 평화를 유지하기 위해서, 이처럼 선의의 거짓말을 하게 됩니다. 이번에도 세금을 계산하면서 지출을 보니 남편도 아무 말 안 하고 보낸 돈이 있더라고요. 잘 상의하는 남편인 줄 믿고 있었는데 줄줄 새는 두레박인 줄은 몰랐지요. 지난 일이고 나쁜 것은 아니니까 깨물린 기분이지만 '잘했군 잘했어' 하면서 서로를 달래면서 우리 부부 두 발 묶고 삼각경기를 다시 잘 뛰어 보려고, 그리고 호흡을 맞추려고 '노~오력' 합니다.

하느님이 보우하사 우리 부부 만세입니다. 어리석은 우리 부부 힘만으로 50여 년을 복닥거리며 살았겠습니까. 물을 포도주로 만들어 주심을 실감하면서 그저 맡기며 살렵니다.

성모님, 저를 격려해 주셔서 감사드립니다. 선생님이 머리 쓰다듬어 주신 듯 흐뭇합니다.

2017. 06. 14.

부부의 사계절

| 남편의 귀가시간

Q. 배우자와 약속한 귀가시간이 늦어지면 나는 어떤 느낌을 갖게 됩니까?

A. 저는 약속시간에 늦어지는 남편을 기다리면서 그 시간만큼 감자가 폭삭 삭듯이 삭아드는 느낌입니다. 멀쩡한 내가 삭아지는 억울함이 미세먼지 나쁨 단계에서 숨 쉬어야 하는 것처럼 속상합니다. 하루 중 한 허리를 베인 것처럼 마음이 아픕니다. 상한 음식을 먹은 듯이 나쁜 기분 속에서 지내려니, 젖은 옷을 입고 있듯이 마음이 눅눅합니다. 활력까지 누그러들고 힘 빠져서 시간을 허송해 버린 기분이죠. 생각해 보면, 정말 시간은 지켜야 합니다. 작은 차이가, 마치 작은 불씨가 산을 태워 버리듯 결과가 영 다를 수도 있기 때문입니다. 시간을 지키면 자로 똑바로 그은 선을 보듯이 개운한데 시간을 안 지킬 때는 엉망으로 흐려 놓은 듯이 답답합니다. 어떻게 보면 단순한 것인데 그것 때문에 썰렁해지는 것이 안타깝습니다. 내 시간도 소중하다는 사실을 인정받고 싶습니다.   2017. 09. 28.

| 남편의 허세

Q. 배우자가 허세를 부리는 것을 알았을 때 나는 어떤 느낌이 듭니까?

A. '모든 인간은 위선자이다. 인간은 각자의 마음속 변호사를 가지도록 진화했다. 우리는 남을 기소하고 자신을 방어하는 데 능숙하다. 우리는 무엇을 사랑하기보다 무엇을 증오하는가에 관심을 갖는다.'

상대가 자신에게 동의하지 않을 수 있다는 것을 배워야 한다고 하네요. 돈보스코는 마치 회사가 자기 회사인 양 열심히 일했습니다. 집에서 쓰는 물건도 꼭 돈보스코가 다니는 회사에서 생산한 물건을 써야 했죠. 아이들은 꼭두새벽에 나가서 늦은 밤에 들어오는 아버지를 볼 수가 없었고, 그 사이 아이들이 커 버렸습니다. 그러던 어느 날, 하루아침에 회사에서 쫓겨났습니다. 회사를 위해 열심히 일했던 것은 짝사랑에 불과했고 저한테 허세를 부려 왔던 것 같았습니다. 그동안 저는 아이 4명을 다 데리고 재웠습니다. 남편이 회사에서 일하는데 피곤하지 않게 하려고 말이지요. 자기 회사인 양 하는 허세인 줄도 모르고…. 허망했죠. 이 사람을 우리 가족이 믿어도 되나 하는 불안이 커지더라고요.

갓 태어난 외손녀가 병원에서 맹인이 될 거고, 혼자 생활이 불가능할 거라는 청천벽력 같은 진단을 받았을 때 다리가 무너지더라고요. 앞이 안 보이는 듯 깜깜했습니다. 돈보스코는 우리가 키울 수 있으니 우리에게 주신 것이라면서 의연해했습니다. 지금 생각해도 그때 남편의 허세에 힘입어 지팡이처럼 잡고 의지했던 것 같습니다. 그리고는 인터뷰마다 보석인 양 빼놓지 않고 외손녀 이야기를 말하더라고요.

우리 가족은 돈보스코의 허세 같은 이끌림에 나날을 보낼 수 있었습니다. 남편이 그렇게 허세, 변호해 주지 않았다면 더욱 큰 상처에 휘몰릴 뻔했습니다. 덕택에 어떻게 사랑해야 하는지도 실감나게 경험하면서 살고 있습니다. 힘든 파도가 저를 덮치지 않게 방어하는 데 남편이 큰 역할을 하고 있음을 굳게 믿고 있습니다.

2018. 05. 15.

| 남편이 아내의 집착에서 멀어지고 싶을 때

집착을 버려라. 그러면 세상에서 가장 부유한 사람이 될 것이다.

― 세르반테스, 스페인 작가

Q. 배우자가 나를 구속하고 집착하는 것처럼 느껴질 때는 언제입니까?

A. 함께 외출할 때나 어려운 분들을 만날 때, 어린아이를 뜨거운 다리미 옆에 둔 것처럼 나를 조심시키는 것을 감지했을 때, 나는 끈에 묶여 있는 것처럼 답답하고 자존심이 상합니다. 음식도 내 영역인데, 맛을 낼 때 넣어라 빼라 할 때도 기분이 좋지 않습니다. 선무당이 사람 잡는다고 돈보스코의 말을 귓등으로 듣게 되지요.

이제는 제가 남편을 간섭하기 시작했습니다. 남편은 고등학교 때 미술반이었다고 말하면서 옷도 전위적으로 입습니다. 음식도 많이 잘 먹습니다. 나도 따라서 배부르게 먹죠. 얼마 전에는 척추 3, 4번 뼈에 문제가 생겨서 걷는 데 불편해졌습니다. 큰 걱정이 생겼습니다.

오늘은 치아를 발치한다면서 많이 섭섭해하면서 병원에 갔습니다. 병원을 시계추처럼 자주 들락거립니다. 식사량을 간섭

부부의 사계절

하기 시작했고 운동도, 옷 색깔도 내 의견을 관철시키려 합니다. 남편은 악동처럼 마이웨이를 하죠.

어느 수녀님 말씀에 훌륭하신 신부님들이 많으신데 제대로 간섭하는 사람이 없어서 건강하기 어렵고, 실수를 하게 되신다고 하시더라고요. 저의 간섭이 문제가 아니고 정답을 찾아가는 도우미로 여겨 주기를 바랍니다. 오래된 가옥을 수리, 보수, 재활용하기 위해서 빈틈을 찾아 메우는 역할을 하는 것처럼 저는 남편을 간섭합니다. 남편의 창문을 닫는 역이 아니라 디딤돌을 놓아 주려고 쪼그리는 역할의 간섭을 합니다.

남자들은 혼자되면 결혼을 또 하더라고요. 간섭이 필요해서 아닐까요? 여자는 혼자 삶을 살아내는데 말이죠.

우리는 부부이기 때문에 서로를 바라보아야, 관심을 두어야 아름다운 청실홍실로 엮어지는 것은 아닌지 모르겠습니다.

2017. 08. 18.

| 평행선을 걷는 남편과 아내

우리는 사랑을 완벽하게 가꾸려고 하기보다는
완벽한 사람을 찾는 데 시간을 낭비한다.

– 톰 로빈스

Q. 나와 배우자 사이에 평행선처럼 좁혀지지 않는 것이 있다면 그것은 무엇입니까? 이에 대한 나의 느낌은?

A. 우리가 사유해서 지각하는 것도 선택이고, 감정도 선택이지 객관적이지 않습니다. 내가 선택하는 것은 일부를 선별한 느낌일 뿐입니다. 객관적이지 않은 기억을 토대로 판단해서 선택하여 행동하게 됩니다. 즉 나의 무의식 속의 순수기억과 이미지 기억을 토대로 해서 사유하게 되고 행동하게 됩니다. 그러니까 내 식으로 이해하게 됩니다.

돈보스코는 밖에서 최선을 다하고 집에서도 밖의 일에 몰두합니다. 남편이니까 집안일은 자기 영역 밖으로 생각하는 것 같아요. 제가 하는 일에는 관심을 기울여 주지 않고 친가에, 친구들에 시간과 관심을 쏟는 것 같아요.

섭섭하죠. 황소 앞에서 크게 보이려고 배를 부풀리는 개구리처럼 제가 안간힘을 써 보아도 마이동풍식으로 흘려들을 때 나는 부스러기가 된 것 같은 소외감을 느낍니다.

생각해 보면 돈보스코가 나쁜 사람이라서가 아니라, 살아온 환경이라든가, '남자가 부엌에 들락거리면 고추가 떨어진다', '가장으로 책임을 무겁게 져야 한다'는 말을 들어왔기에 이 사람에게 길들여진 가치관과 순수기억이 저와 다른 것이 아닐까 해요. 거기서 파생된 책임감으로 나름 잘하려고 노~오력하는 것 아닐까요.

살아온 환경을 무시하면 가치관, 정체성 자체가 무너지는 것이고 그 사람도 저도 함께 무너지게 되겠죠.

돈보스코의 의젓한 면, 나의 섬세함 모두가 괜찮은 것이라고, 좁혀지지 않는 평행선이라도 아름다운 길동무로 위로하면서 삶을 살아가려고 함께 노~오력하며 살렵니다.

2019. 11. 04.

원 팀 부부

| 때론 함께, 때론 남처럼

사람이 뭔가를 추구하고 있는 한 절대로 노인이 아니다.

– 진 로스탠드

Q. 나는 노후에 우리 부부 관계가 어떠하기를 기대합니까? 이에 대한 나의 느낌은?

A. 사실, 객관적인 실재(사실)보다, 객관적인 허구가 더 강력할 수 있다고 합니다. 돈(객관적인 허구)은 모든 곳, 전 세계적으로 유용하지만, 우리의 김치(객관적인 실체)는 객관적인 허구인 돈만큼 널리

퍼지기는 어렵지 않을까요?

돈보스코와 저는 반드시 둘이 함께하여야 한다는 생각을 버리기에는 아쉬움이 있습니다. 굼뜨고, 뒤뚱맞기는 해도 오랜 세월(50년) 함께하면서 둘 사이에 새로운 호르몬이 만들어진 것 같습니다.

제가 딸을 낳아 안고 젖을 먹이며 훈훈한 눈길로 들여다보면서 쓰다듬으며 좋아했던 적이 있었습니다. 동생이 '언니 정말 말해 봐, 언니 애기라서 예뻐하는 거지, 곱지 않지.' 하고 묻는 거예요. 저에게는 둘도 없이 귀하고 예쁜데 말이죠. 이런 것처럼 특별한 관계망이 남편과 저 사이에도 흐르고 있는 것 같습니다.

이것이 늙음보다 더 강한 힘이 되는 것 같습니다. 제 주장을 토해 내지 못하고 머뭇거릴 때도 달음박질치듯 내 마음을 헤아려 주는 오래 곰삭은 우리 부부입니다. 돈보스코가 속상해할 때, 포도맛 아이스바를 깨물어 먹고 나면 혀가 검게 물들듯 제 가슴 한쪽도 보랏빛 멍이 든 듯이 저려 옵니다.

우리는 나이가 들었다는 노후의 삶인 객관적인 사실보다는, 우리 둘이 가꾸어 온 단순하지도 납작하지도 않았던(아둔한 실수로 반죽된 케이크같이 살았지만), 그러면서 둘이 함께 타고 온 50년이라는 세월이 더 강력한 값을 하는 게 아닌가 싶습니다. 실재의 나이보다 허구처럼 보이는 둘의 관계를 더 강력하게 믿고 싶습니다.

2018. 03. 07.

| 좋은 부부 관계의 시작은 겸손

> 인생이란 겸손을 배우는 긴 여정이다.
>
> – 제임스 M.배리

Q. 배우자의 겸손이 내게 전해지게 될 때는 언제입니까? 이에 대한 나의 느낌은?

A. 임병헌 신부님 강론 중에 '아이들이 게임은 왜 하겠느냐, 쉬우면 흥미를 못 느끼고 동생한테 주게 되고, 어려우니까 실패를 하면서도 매달려 게임을 하게 된다.'는 거라네요.

오늘 문득 미사통상문이 너무 기막히게 좋으면서 새롭게 강론하시는 말씀에 매달리는 저를 발견하였습니다. 영혼의 주파수가 잘 맞던 우리 부부의 삶도 부딪치면서 부부라는 감투의 무게에 짓눌려 무겁고 지쳐 가고 있었습니다. 내 생각, 의견을 양보할 수 없는 외나무다리에서 서로 맞서게 될 때가 있습니다. 돈보스코는 비켜서 줄 때를 알죠. 저의 양심 역시 제가 부족함에도 그가 양보해 준다는 것을 느끼고 있습니다. 부끄럽기도 하고 마음속으로 사랑의 저금통장에 저축을 합니다. 첫눈이 왔을 때 강아지만 좋아하는 게 아니라 저도 소녀처럼 확 가슴이 열립니다. 하지만 그것도 잠시, 시선을 자꾸 마주치게 되면 어느 덧 감흥은 어디 가고 피해 가게 되더라니까요. 부부 사이도 첫 눈처럼 항상 새롭기가 어렵지 않나요? 그래서 어려운 게임처럼 풀기 힘들어도 하나씩 해결해 나갈 때, 돈보스코가 다 알면서도 져줄 때, 민망하고 목울대가 뜨거워지는 아름다움을 또 통장에 넣지요.

만고강산 유람하듯 편히 잠든 남편, 나를 우선으로 해 주려 고 애쓰는 남편, 뭉클해서 이불 덮어 주게 되더라고요. 미사통 상문처럼 항상 줄줄 외우다가 심오하게 들여다보고 귀중함을 깨닫듯이, '정말 우리가 사랑했던 걸까' 하는 회의가 몰아치다 가도 살가운 맛이라고는 없는, 도끼눈 뜨고 우르렁대는 여자와 살아 준 돈보스코, 항구하게 저를 우선 생각하고 애써 주는 남편, 쉽지 않을 텐데 비켜 서 주는 돈보스코에게서 가슴 벅찬 경이로 움을 발견하게 되더라고요. 돈보스코의 이런 마음은 돈보스코의 겸손함에서 오는 걸 배웁니다.

낫또를 자꾸 저으면 끈기가 더 생기듯이 서로 밀어 주고 끌 고 가면서 예쁜 정분이 나는 거 아닐까요? 첫눈만큼 기쁨이 충 만해지는 듯해요. 저는 차곡차곡 쌓아 갈 사랑의 저금통장을 가 지고 살고 싶어요.

2018. 06. 20.

| 부부는 한 팀

서로 떨어져 있으면 한 방울에 불과하다.
함께 모이면 우리는 바다가 된다.

— 류노스케 사토로

Q. 우리 부부가 진정으로 한 팀이 되기 위해서 내가 노력해야 할 점은 무엇입니까? 이에 대한 나의 느낌은?

A. 이대 앞 사거리에 '눈 내리는 마을'이라는 카페에서 이화여대 여학생과 미팅 후에 만나기로 약속하고, 들뜬 마음으로 일찌감치 나가 찾아보았으나 발견할 수가 없었답니다. 여학생은 '샤갈의 눈 내리는 카페'에서 30분을 기다리다가 집으로 가 버렸다네요. 샤갈과 사거리를 헷갈려서 꽤 괜찮은 여학생과 인연이 어긋났으니, 인생의 어느 한 순간 실수로 완전히 다른 길로 가는 경우도 있는 거지요.

크리스마스가 가까워진 어느날, 돈보스코와 함께 아직도 병원에 입원하고 계시는 박홍 신부님을 뵈러 나섰습니다. 신부님께 크리스마스 카드를 드리려는데 돈보스코가 절 보고 드리라고 했습니다. 하지만 제게는 카드가 없었습니다. 저는 오히려 남편에게 당신이 카드를 갖고 있지 않느냐고 물었습니다. 당황스러운 순간이었습니다. 집에 와 보니 제 책상 위에 그대로 크리스마스 카드가 놓여 있었습니다. 함께 외출하려니 가스불, 환풍기, 지저분한 것 제자리에 놓기에 정신이 없어서 절 보고 핸드백 속에 챙기라는 돈보스코의 이야기가 들리지 않았습니다.

한 팀으로, 같은 방향으로 노를 저어 가려면 부단한 노력이 필요한 것 같습니다. 서툴게 노만 잡고 저으면 배가 산으로 갈 수도 있는 것 같아요. 샤걀과 사거리를 헷갈린 무지의 소치로 영 다른 길로 가 버리듯이, 서로에게 정성을 기울이지 않으면 빠지지 않는 가시처럼 마음을 아리게 할 수도 있지요. 나보다 배우자를 우선으로 해야 한다는 것은 알지만, 나도 바빠서 나를 도와주지 않는 남편이 오히려 야속하게 여겨지는 것이 당연한 것처럼 섭섭하게 느껴지기 일쑤죠.

그래도 인제는 낡은 양말 한 켤레라도 같은 짝으로, 서로 찾아 그럴듯한 짝을 이루려 합니다.

2017. 12. 10.

| 부부는 함께 성장해 가는 사랑의 관계

> 이 세상에서 사랑이 가장 소중하며, 사랑은 우리가 투쟁하고
> 용기를 내야 할 충분한 가치가 있다. 모든 위험을 감수할 정도로
> 가치 있고 소중한 것이 사랑이다.
>
> — 에리카 종

Q. 우리 부부의 사랑을 성장시키기 위해 나는 어떤 노력들을 하고 있습니까? 이에 대한 나의 느낌은?

A. 저는 '사랑' 하면 얼른 떠오르는 것이 감미로움, 밀려오는 황홀함, 핑크빛 무드, 그리고 미풍처럼 불어와 감싸 줄 것 같은 안락함, 언제든지 구름처럼 두둥실 떠 있는 상기된 기분 속에 파묻혀 있는 상태를 상상해 본 적이 있었습니다.

사랑은 참고, 기다리고, 성을 내지 않고, 모든 것을 덮어 주고, 견디어 냅니다.

바오로 사도의 코린토 신자들에게 보낸 첫째 서간 13장 말씀은 부풀었던 풍선에서 바람이 빠져나가는 듯, 주저앉아 버린 거품집을 붙잡고 애써 지탱해야 하는 것처럼 한숨이 나왔습니다.

사랑은 추상적인 것이 아니라, 생생한 방식으로, 구체적인 행동으로 정의되는 덕이라는 말씀은 마음에 와닿지를 않

았습니다.

그 말씀은 듣기는 들었지만, 기차의 차창 밖의 풍경처럼 지나쳤지요.

살아보면서 생각하니 건너뛴, 지나친 이 말씀에 걸려 넘어지기가 부지기수였죠.

사춘기 때 로맨틱한 사랑은 하느님께서 콩깍지를 끼워 주셔서 이렇게 하는 거라고 내 힘든 노력 없이 하느님이 교육하신 것 아닌가, 그 사람 위주로 생각하고, 즐겁게 참고 기다리고, 덮어 주고, 그래서 흥분되고, 기뻐지는 것이었지요.

이렇게 배운 것, 체험한 것 다 잊고, 과정을 다 까먹고는 행복만 오라고, 도깨비도 아니면서 방망이만 두드리고 있었던 오류를 범한 건 아닌지?

다 잡아 살려고 애를 쓰지만, 쉽게 거저 사는 길을 자꾸 두리번거리며 찾게 됩니다.

호랑이 굴에 들어가야 호랑이를 잡는다고는 하지만 엄두가 나질 않습니다.

그래도 뛰어들어 가 봐야지요.

바오로 사도가 보장해 놓았으니까요.

2017. 12. 05.

| 부부가 머리를 맞대면

Q. 우리 부부가 온전한 한 팀이 되기 위해서 내가 좀 더 노력해야 할 점은 무엇입니까? 이에 대한 나의 느낌은?

A. 참을 수 없이 아름다워서 밖으로 뛰쳐나갔습니다. 구룡산을 향해 가는데 구름 속으로 들어가는 듯 상쾌한 기분이었다니까요. 월드컵 축구 경기장처럼 빽빽한 나뭇잎 사이를, 마음대로 자란 개망초, 거베라처럼 섬세하게 핀 들꽃들을 보면서 걸었습니다. 비로 씻긴 산길도 민낯을 드러낸 듯 더욱 친근감이 들더라고요. 또 새들도 그 작은 입으로 골짜기를 울리게 노래해 주던데요. 돈보스코는 이렇게 기분좋게 상기된 마음으로 들떠 있는 나에게 찬물을 끼얹을 때가 있거든요.

암탉이 울면 집안이 시끄럽다고, 요즘 어느 회사처럼 고생하지 않느냐며, 제가 말을 하면, 아는 척하는 것처럼 못마땅하게 생각하는 것 같아요. 나를 바로 보지도 않고 곁눈으로 흘겨보면서 기분 상한 표정을 하고 있어요. 차츰차츰 내 의견대로 할 때도 있으면서, 일단 권위를 세우고 보거든요. 장마로 다리가 떠내려가 버린 듯 우리 부부 사이가 벌어진 것 같아요.

내가 돈보스코를 밀치듯이 일방적이었나, 아니면 무시한 것처럼 느끼게 하지 않았는지. 내가 내 말에 집착한 경우는 없는지, 남편이 거슬리게 느끼게 한 것은 없는지. 관점이 다르기 때문에 우리 부부의 문제를 푸는 데 오히려 강점일 수 있는데, 한 팀으로 느끼게 하는 데 부족함이 무엇인지.

아일랜드는 풍성하게 수확할 수 있는 감자 품종을 개발해서 식량문제를 잘 해결했답니다. 그런데 그 종류의 감자에 감자마름 병이 돌아서 풍성한 수확을 기대하고 올인했다가 무서운 식량난을 겪었다고 하더라고요.

부부가 한쪽이 일방적이면 감자마름병이 돌아 몰살될 수도 있는데 둘이 보태면 의지되고 서로 버팀목이 되지 않을까요. 천재 한 명보다 바보 열 명이 낫다고 하던데요.

2018. 07. 03.

| 부부간의 애착은 상호적이다

> 친밀감이 부부갈등의 벽을 허문다.
>
> – 성혜옥

Q. 배우자가 나의 욕구나 필요성을 채워주지 못했을 때 어떤 느낌이 듭니까?

A. 웨이터가 손님의 어깨에 가볍게 손을 터치한 경우와 그렇지 않은 경우는 팁 차이가 난다고 하네요. 열애 중일 때는 나보다는 배우자 중심으로 모든 것이 모아지죠. 무엇을 입으면 좋아할까? 헤어스타일은 어떻게 하면 좋게 보일까? 그 사람은 무슨 음식을 좋아할까? 온통 배우자 생각으로 꽉 차죠. 핑크빛처럼 모든 것이 아름답게 보이지 않았나요?

'나'를 찾기 시작할 때, 나에게 집착할 때, 나의 욕구나 필요성을 우선으로 할 때는 이미 나의 욕구를 채우는 것이 먼저이기 때문에 부족함, 불만이 고개 들지 않을까요. 나 위주로 나만을 중시할 때 소외되고 그래서 불안하고 두려움까지 발전하는 것 같아요.

돈보스코는 일중독에 걸린 사람처럼 무섭게 일에 올인합니다. 옆에서 벼락을 쳐도 몰라볼 것처럼, 그것이 그 사람의 인생관, 가치관이었죠. 저는 안 보이는 거죠.

베어링 소리가 돌아가는 듯한 구조로 남편은 긴장감과 비장한 결심으로 열심히 일에 몰두했었죠. 두 사람이 마주보는 시간도 절약하느라 전쟁이 난 듯 산 것 같아요. 냄비가 달구어지다 못해 타들어 갈 듯할 때 묘하게 ME를 수강한 거죠. 부부가 어떻게 사는 것인지 무엇이 부부의 중심에 있어야 하는지를 들으면서 새로운 세계를 접하게 되었고, 우리 집도 문화가 움트기 시작했습니다.

그래도 하루아침에 변화를 기대하기는 어림 반 푼어치도 없죠. 서서히 얼음이 녹듯이 사랑했던 패턴을 기억하고 나를 내려놓고 배우자를 우선하는 마음을 가지기 시작하면서 전쟁터에도 봄이 오더라고요.

제가 억눌려 살 때와 다르게 환해졌습니다. 쇳덩이처럼 무겁게만 생각되던 돈보스코도 살갑게 느껴져요.

A. (남편)

당신의 편지를 받고 보니 우리의 신혼시절이 떠오릅니다. 아무 가진 것도 없는 나에게 시집와서 두 사람 겨우 잘 수 있는 좁은 문칸방에서 신접살림을 시작했지요. 우리의 생존을 위한 힘든 시절이었지요. 누구와 비교할 여유도 없는 생존투쟁이었으니까요. 오로지 열심히 일해서 승진하고 월급을 많이 타서 가족을 부양해야겠다는 일념으로 뛰었지요. 직장우선, 일 중심으로 살았습니다. 그런 차에 ME 주말교육은 왜 내가 사는가 하는 나 자신을 돌아보게 했습니다. 그리고 내 삶에 코페르니쿠스적 대전환이 일어났습니다. 그때서야 당신이 보이고 가족이 보이고 하느님이 보이고 행복이 무엇인지 깨닫게 된 것이지요.

지금은 당신을 바라보면 잘 익은 사과를 보는 것 같답니다. 여름의 따가운 햇볕과 천둥 비바람 등 모든 것을 견뎌 내고 어떤 화가도 그려 낼 수 없는 색깔로 물들어 다소곳하고 과즙이 금방 터질 것 같은 수줍은 모습으로, 인생의 희로애락을 다 견디고 품은 농익은 모습으로 다가오는 당신을 바라볼 때 농부의 흐뭇함 같은 기쁨을 느낍니다. 이것이 부부가 나이 들어 얻게 되는 값진 보석이요, 축복이 아닐까요?

2017. 11. 02.

부부의 사계절

| 부부의 고유성

Q. 내가 배우자에게 소속하고 일치하는 데 좀 더 노력해야 점은 무엇입니까?

A. 우리 부부가 서로에게 소속하고 동화되어 하나 되게 하소서.

해외여행 중 일행과 헤어져 자유시간을 갖고 게이트로 갔더니 아무도 보이지 않을 때, 외딴섬에 표류된 것처럼 확 두려움이 엄습해 오듯이, 소속되어 있지 않을 때의 기분은 외로움을 넘어 동물에게 잡혀 먹힐 정도의 불안이 덮칠 만큼 힘든 것 아닐까요.

내가 배우자와 헐렁한 관계일 때는 먼지가 그 사이에 낄 것 같습니다. 그러나 함께 친밀하게 지내기가 쉽지 않습니다. 고슴도치가 혼자는 추워서 가깝게 다가가면 찔리고, 떨어지면 추우니, 여러 번 조율을 해서 서로의 침을 잘 조화시키어 체온을 함께 유지하듯이, 나도 침이 돋아 있겠지만 돈보스코도 못지않은 개성파입니다.

나는 하고 싶은 것이지만 남편한테는 무시당하는 것들, 내가 생각하기에는 장점 같은데 배우자에게는 단점으로 보이는 것이 수~두룩합니다. 당연히 충돌의 소지가 다분히 있죠.

생각해 보면 그 사람도 혐오스러운 사람이 아니게 하느님이 만들어 놓으셨는데, 남편을 바라보는 내 안경의 도수가 맞지 않는 것은 아닌가? 내가 편협하게 보고 있는 것은 아닌가 생각하는 여유를 큰 숨을 쉬면서 찾을 때, 쫓기고 있는 토끼처럼 성급하지 않을 때는 그럴 수도 있겠다는 여유로 남편을 바라볼 수 있을 것 같습니다.

내가 지켜야 할 것은 여유와, 부분만 보고, 전체를 못 보는 한계를 인정하고, 더 좋은 방향으로 가도록 인내하며 선택하는 삶을 유지하는 것이죠.

2017. 10. 07.

| 부부의 다른 점은 귀한 보물

인간은 자신의 행복 창조자이다.

– 헨리 데이비드 소로

Q. 나와 배우자 간의 다른 점을 받아들이는 데 어렵게 느껴지는 점은 무

부부의 사계절

엇입니까?

A. 다르기 때문에 받아들이기 어렵습니다.

여우와 두루미 이야기처럼 호리병 속에 있는 것을 못 건져 먹는데 호리병 식단을 주장할 때 막막하고 황당할 수밖에 없습니다.

한 몸처럼 알고 살았는데 아주 딴 사람으로 변하여 이렇게 몰라주는 사람이었구나 멀게 느껴질 때 허망함이 지탱하기 어렵게 밀려와 무너질 것 같습니다.

모든 자산을 송두리째 날려 버린 것 같은 기분일 때 배우자를 받아들이기는 거의 불가능하지 않을까요.

수영선수가 100m 구간에서 금메달을 따기 위해 지구를 두 바퀴 도는 연습을 인내로 감내해 내듯 부부의 다른 점이 귀한 보물이 되기까지는 그만큼 넘어야 할 인내가 기다리고 있지요. 이것을 이겨 내야 부부가 다이아몬드 빛을 발하지 않을까요?

2017. 02. 26.

| 부부가 말다툼하는 이유

자신의 결점을 잘 알고 있는 사람은 남의 결점에 대해
이렇다 저렇다 잔소리하거나 추궁하는 일이 결코 없다.

— 사디

Q. **배우자가 나와 다른 이야기를 한다고 생각할 때 나는 느낌은 무엇입니까?**

A. 돈보스코가 나와 다른 이야길 할 때 나는 외롭고 절벽에 홀
로 서 있는 아득함을 느낍니다. 혼자이구나. 짚신도 짝이 있다
고 하듯이 짝인 줄 알았는데 우린 아니구나. 정신이 번쩍 들면
서 '둘이 파 들어가던 굴이 허사라면- 그러면 나는 어느 방향으
로 굴을 파야 되나' 하는 당혹감에 휘둘리게 됩니다.

'당신은 어떻게 그렇게밖에 생각 못 하느냐' 하는 말을 듣거
나 맨 벽에다 대고 이야기하듯이 반응이 없을 때는 무시당한 듯
서럽습니다. 쓰레기 취급받는 것 같고 목발을 잃고 서 있는 장
애인이 된 듯 처량해집니다.

생각해 보면 그 사람이 나한테 이야기할 때도 내가 다른 것
에 몰두하고 있을 때 건성으로 듣게 되고 듣는 둥 마는 둥 내 갈
길을 간 적이 있었고, 그것이 옳다고 덧칠했던 경우도 생각나
는데 혹시 돈보스코도 골똘한 생각을 해야 하는 일이 있어서 내

말을 허투루 들은 것은 아닐까? 결코 무시할 수 없는 남편인데 내 생각에 빠져 있을 때 나도 못 듣듯이 그 사람도 그런 경우가 아닐까? 수사반장처럼 되짚어 보니 이해가 되기도 했습니다.

같은 말을 이해하면 사랑관계이고 같은 말을 오해로 들으면 불신으로 치닫는 거 아닐까요.

나는 둘이 호흡을 잘 맞춰 삼각 경기를 하고 싶습니다. 오해보다는 이해 쪽으로 나침판을 맞추려 합니다.

항상 쉬운 것은 아니지만, 그렇게 생각을 바꾸니 짝을 찾은 기분입니다. 어깨에 들어갔던 힘이 놓이면서 어디서 시원한 바람이 부는 것같이 좋아졌습니다.

2017. 08. 14.

| 부부는 싸워도 한방에서 한 이불 덮고 자야

> 우리 집은 부자여서 방이 많았다. 싸우면 각방에서 잤다.
> 내가 이혼한 이유는 각방이다.
>
> – 어느 이혼한 남자의 독백

Q. 나는 배우자와 한방에서 한 이불을 덮고 잘 때와 서로 각방에서 잘 때

어떤 차이점이 있습니까? 이때 나의 느낌은?

A. 은행잎. 자신 안에서 갈라진 하나의 생명체일까, 아니면 서로 가려 뽑아, 남들이 하나로 알아보는 둘일까? 갈라져 있는 은행잎, 얼마나 아름다운 관계인지? 남들은 흔하디 흔해서 깊은 눈길도 주지 않지만 은행잎 하나에도 아름다운 연민이 있듯이, 돈보스코와 저도 따끈함이 있습니다.

싸워서 베개를 들고 다른 방으로 가려고 해 보았지만, 발자국이 멀어질수록, 쪼개지는 절벽이 생기는 것처럼 오싹한 긴장감이 스며들었습니다. 그리고 계곡 속으로 굴러떨어질 것처럼 불안했습니다. 밉기는 미워도 아무렇게나 되어서는, 서로가 안 되는 것 아닌가? 내 삶을 온전히 돈보스코에게 넘겨 버리듯이 살았는데, 수포로 돌아가 버린 듯이, 쉬어서 곯아 버린 밥그릇을 잡고 있는 듯이 속이 상했습니다. 아마 장작불이 화다닥 화다닥거리며 타는 게 나처럼 화가 나서일 겁니다.

결단의 순간, 과정의 찰나에 무슨 행동을 취했느냐가, 어떤 상처로, 흠집으로 남느냐를 결정하는 것 같습니다.

어쩌면 자신 안에서 갈라진 하나의 생명체인 우리 부부인데, 모든 것 고해성사로 끝내고 또다시 두 발 묶어 삼각경기 출발선에 서야지요.

2018. 02. 21.

| 부부싸움의 규칙

고립되는 것보다는 차라리 다투는 것이 낫다.

– 아일랜드 속담

Q. 우리 부부는 어떤 부부싸움의 규칙들을 정해 놓고 있습니까? 이에 대한 나의 느낌은?

A. 검은 머리 파뿌리 될 때까지 싸운다고 합니다. 왜냐하면 인생에 있어서 변화는 불가피하고, 따라서 언젠가는 변화해야 하지만 한편으론 불안하고, 두렵고, 또 꼭 상승 곡선이 아닐 수 있기 때문에 그런 것이 아닐까요.

변화하지 않는 사랑, 관심, 젊음을 바라는 것은 집착에 가까운 것 같습니다. 변화한다는 것은 아기가 처음엔 기어 다니다가 비틀비틀 일어나 걷듯이 성장의 단계이고 싸울 일은 아니지만, 격렬한 소통을 위해서 ME식 소통방법으로 싸울 수 있는 거죠.

저는 몇 번이나 누적된 돈보스코에 대한 못마땅한 것을 모아서 이번 한 번 싸움으로 끝낼 양으로 작심한 싸움을 했습니다. 그대로 제3차 전쟁을 하듯이 폐허의 상태로 서로가 상처투성이의 패잔병이 다 된 거죠. 칠성사 중에 혼인성사는 신품성사와도 등급이 못지않은 성사라고 하잖아요. 달릴 길을 달려야 할 텐데 역주행을 하고, 파괴의 길로 가기가 다반사였죠.

싸움을 소통의 단계로 생각하기 어려웠습니다. 싸움은 싸움이지. 그렇게 생각했습니다. ME를 수강하면서 싸움 역시 소통을 격렬하게 하는 것이라는 새로운 용어 해석을 듣게 됐습니다.

이대로 젊기를, 변하지 않는 사랑을 기대하는 것은 순리에 어긋나는, 변화에 저항하는, 시간과 함께 더불어 흘러가는 것을 거부하는 삶이 아닌가. 이 변화, 성장을 두려워하고, 그래서 싸움으로 터트린 어리석은 생활을 했죠.

한끝 차이로 용하게 불만을 누르고 있었거나 섭섭했던 것, 돌아서 있는 당신 때문에 외로웠던 것을 표현할 때, 투정부리고, 싸워서 끝장냈을 때보다, 훨씬 기쁘고, 가볍고, 가까움을 느낄 수 있었습니다. 맛있는 만찬상을 받은 듯 입가에 미소가 흐르게 되더라고요.

전쟁보다는 평화를 기원하는, 소통하는 싸움을 하는 능력을, 근육을 기르렵니다.

2017. 12. 13.

부부의 사계절

| 부부의 사생활

Q. 나는 배우자와 떨어져 지낸 시간을 어떻게 공유하고 있습니까? 이에 대한 나의 느낌은?

A. 아직도 저는 종속적인 삶을 살고 있습니다. 모든 것이 남편이 우선이고, 쓰고 남은 조각을 가지고 무얼 만들어 보려고 애쓰듯이 살고 있지요. 남편에게 주고 남은 나머지의 시간, 자투리로 남은 시간을 차지한 제 시간 안에서 나만의 둥지를 틀지요. 대모산도 다니고, 나의 얼의 무늬일 수도 있는 우리나라 신화에도 관심이 있습니다. 우리 성당 임병헌 신부님의 강론에도 매혹되어 있지요. 등등으로 즐기고 있습니다.

남편은 항상 새롭고 싶은 나를 늘 안방에 놓여 있는 장롱 정도로 생각하는 것 같아요.

그래서 나도 생기가 탱천한 파트너라고, 흙더미를 쳐들고, 들여다보게 솟아 보지요.

요즘 돈보스코가 자주 귀를 기울여 줍니다.

1+1, 하나 더하기 하나가 둘이 아닌 하나로, 눈덩이 굴리듯이 점점 커지며 서로의 관심 속에서 좋은 열매를 맺을 때가 있습니다.

한자의 사람 인(人)자가, 한 획은 하늘이고, 받치고 있는 획은 땅, 둘이 버티어 사람이 되듯이, 뭔가가 되는 것 같아요.

집을 짓고 담을 친 듯이 든든한 커플 파워를 느낍니다.

2017. 10. 14.

| 부부의 신뢰는 타이밍

신뢰는 거울의 유리와 같다.
한번 금이 가면 원래대로 하나가 되지 않는다.

– 아미엘

Q. 내가 부부 관계에서 중요하게 생각하는 타이밍은 어떤 것들이 있습니까? 이에 대한 나의 느낌은?

A. '순망치한, 입술이 없으면 이가 시리다.' 라는 뜻이죠. 이는 종종 자기 혼자서 제 기능을 발휘하는 줄 안다니까요. 입술이

부부의 사계절

막아 주어서 든든하다는 원리를 자주 잊어요. 겨울에 3분만 입 벌리고 서 있으면 이가 시려 입술이 얼마나 고마운지 알게 될 겁니다. 돈보스코는 코를 골아요. 나는 기찻길 옆에서 자는 것처럼 시끄러워서 힘들어요. 코를 골아서 일어날 수 있는 부작용을 말하려 하면, 벌써 싫어하고 불쾌해합니다. 에둘러서 이야기하면 못 알아듣고 직접 말하면 얼굴을 찡그리니 어찌해야 할지….

하루는 신문에 코를 골아서 일어날 수 있는 부작용을 일목요연하게 설명해 놓은 글이 있더라고요. 돈보스코에게 기사를 읽도록 밀어 놓았습니다. 열심히 읽더니 병원으로 곧바로 가 적당한 처방을 받아서 지금은 부드럽게 주행하는 벤츠 옆에서 자는 기분입니다.

시집과의 관계를 꾸려 나가는 데 있어서도 보는 각도와 감흥이 다르기 때문에 눈치작전을 통해서 적당히 평화로울 수 있습니다. 우리 둘이는 다르기 때문에 서로 끌린 것인데 그 다름을 어떻게 잘 조화하느냐가 매력 있는 일입니다.

입술과 이처럼 서로 없으면 시린데, 그 원리를 잊고, 혼자서 기능을 발휘하는 것으로 착각하고 있어서 고마운 것을 잊게 되면, 옆구리가 시린 거죠.

'당신이 있어서 내 인생이 따뜻~하다'고 서로 고백하면서 살면 어떨까요?

2018. 04. 12.

| 부부의 의사결정

Q. 배우자가 나와 상의하지 않고 혼자서 결정해서 서운했을 때는 언제입니까? 이때 나의 느낌은?

A. 제 생각에는 부부가 서로 완전히 만족할 수 있는 결정을 내리기는 쉽지 않을 것 같습니다.

예를 들어 10억의 이익금이 생겼는데 노동자는 자기들이 일해서 발생한 것이니 모두를 달라 하고, 사용자는 설비나 투자를 내가 했는데 무슨 소리냐고 하는, 노사분규가 일어났다고 칩시다. 이때 50대 50으로 나누자는 의견이 나오면 노동자와 사용자 모두가 불만이라서 다 들고 일어난답니다. 모자라지도 넘치지도 않는 적중한 월급 지급이 대단히 어려운 문제라고 합니다.

그러나 평소에 관계를 잘 닦아 나가고 마음의 통로를 연결하면서 서로 칭찬하고 남남이 아닌 하나라는 생각을 가지게 하면, 고생한 노동자에게 더 주어야지, 사용자가 공장 만들어 우리가 족 살게 됐으니 고마운 일이지, 하는 중용이 이루어진다네요.

우리 부부 사이에도 서로가 서로를 우선으로 할 수 있는 분위기를 만들어야만 서로를 생각해 줄 수 있지 않을까요. 돈보스코는 혼자서 결정하는 일이 많습니다. 오늘 저녁 식사 모임 있는데 갈 준비하라고, 아침 출근하면서 통보를 하곤 합니다. 물론 저에게 저녁 외출할 예정은 없었지만, 상자에서 썩은 줄 모르고 꺼낸 감을 처리해야 하듯이 찝찝합니다. 그렇지 않아도 자기한테는 본 데 없이 하는 걸 엄청 자존심 상해하면서 나에게는 불공평하게 취급하는 것 같아서 씁쓸합니다.

아직 거슬러 받지 못한 셈이 있는 듯이 선뜻 기분이 좋아지지가 않습니다. 예외 조항을 두기로 하면 일 년 열두 달 예외조항에 휘둘릴 것 같은데요. 그래도 흔들리지 않고 피는 꽃이 어디 있으며, 젖지 않고 피는 꽃은 또 어디 있겠습니까.

평소에 우리는 단짝처럼 살려고 늦었지만 노력 중입니다. 남편은 먼저 물어보고 결정하는 것, 칭찬해주는 것이 아주 서툴러서, 경우가 아닌 때 과잉 칭찬하고, 필요할 때는 놓치기 일쑤지만 애기가 걸음마를 하는 것 같은 어색한 애교가 돈보스코한테 있습니다.

생각하건대, 요즘처럼 지속적으로 서로 노력하면 노사분규, 와이프 노조는 없을 것 같은데요.

너무 야무진 이상이었나요?

2018. 02. 13.

| 부부의 자존심

Q. 나는 배우자의 자존심을 살려 주기 위해 어떻게 노력하고 있습니까? 이에 대한 나의 느낌은?

A. '감각은 느껴지는(수동적인) 것과 느끼는(능동적인) 것이 동시적인 것이기 때문에 진부함이나 상투성과 정반대이다. 우리의 신경 시스템이 자연 그대로 받아들이지 않고, 사유, 즉 흑백논리나 선과 악 등 둘로 나누어 받아들이면 신경 시스템에 오류가 생긴 것이다. 원상복구를 위해서 감각 리셋이 필요하다. 지금 순간에 몰입하지 않고, 과거가 현재를 대신하면 신경 시스템이 고장 난 것이다.'

돈보스코는 이 글을 읽고 요즘 여자들이 용감하고 대담하다고 놀라워합니다.

한번은 이 글을 쓴 분을 만나 보아야겠다면서 감탄했습니다. 그분 못지않게 글을 쓰신 남자 분들도 많던데, 하필이면 여자 분을 만나겠다는 말이 좀 걸리지 않나요.

생각해 보면 제가 돈보스코가 느끼는 그대로 받아들이지 않고, 내가 만든 평가척도에 맞추어 바라본 게 아닌가 싶습니다. 그렇게 생각한 뒤 곧바로 정말 대단한 것 같다고, 그분이 항상 좋은 글을 쓰시는 것 같다고 추임새를 넣었더니, 돈보스코 자신이 아주 잘 판단한 것같이 좋아했습니다.

제 시스템에 오류가 자주 발생합니다.

정말 과거가 현재 대신 들어앉으려 하고, 잘 모르면서 아는 체, 쉽게 선과 악을 구별할 수 있는 체합니다. 그래서 생기는 갈등으로 허비하는 시간이 많습니다.

버킷리스트를 만들어 동적으로 새롭게 열린 감각으로 살아야 할 텐데, 고인, 썩은 웅덩이에서 허우적거리며 사는 것 같아요.

2018. 07. 25.

| 부부의 정

> 사랑이 봄과 같은 열정이라면, 정은 가을과 같은 성숙이다.
>
> – 미상

Q. 우리 부부가 어떻게 하면 고운 정을 더 많이 저축할 수 있습니까?

A. 어찌 대추만 수천 번의 천둥과 벼락을 맞으면서 익어 갔겠습니까. 콩도 천둥번개 그리고 미풍의 속삭임 속에서 자라지 않았을까요? 그리고 추수되어 삶기고 으깨어져 메주가 됩니다. 적당한 온도에서 맛있는 된장이 되지요. 이때 썩음의 단계로 가게 될 건지 삭힘의 단계로 갈 것인지 간발의 차이로 결정되는 것 같습니다. 저도 친구들과 재잘거리며 대학을 다닐 때도 있었고, 아름다운 꿈도 있었습니다. 결혼해서 뜨거운 맛, 쓴맛, 단맛을 거쳐서 지금은 늙음으로 가는 첫 경험을 하고 있습니다. 그리고 제가 삶 속에서 만들어 낸 것이 맛있는 장인지 썩어서 도려내 버려야 하는 것인지…. 어떤 때는 얼굴이 달아오르도록 어리석었던 경험도 있고, 차에 치일 뻔했던 것처럼 아차! 했던 순간들도 있습니다. 제가 지나온 발자국에 결코 자신이 없습니다. 어느 것이 고운 기억으로 저축되었을까? 시험 치르고 방을 쳐다봐야 하듯 가슴이 콩닥콩닥거립니다. 지금부터 몰입해서 살아 볼 양입니다. 길거리에 불려져 나와 심겨져 서 있는 가로수처럼, 숲을 떠나서 외롭게 지내지 않고, 아름다운 숲에서 다른 나무들과 어울려 즐겁게 살 듯 남편 돈보스코와 알콩달콩 삶의 맛을 익혀 가려 합니다.

2017. 10. 19.

부부의 사계절

| 부부의 친밀감

결혼을 이루는 것은 결혼식이나 정부에서 발행한 종잇장이 아니라
바로 친밀감이다.

– 캐슬린 노리스, 미국 시인

Q. 우리 부부의 친밀감을 높이기 위해 내가 노력해야 할 점 한 가지를 든다면?

A. 칭찬과 인정이 부부의 친밀감을 높여 주는 무기인 것 같아요.

그런데 굉장히 어렵습니다. 구멍 난 물통에 물 채우기만큼 쉽 없는 노력이 필요한 것 같습니다. 어디가 흠집이 있는 줄 다 알면서 귀중품처럼 대하기가 쉽지 않습니다.

그러나 결혼하지 않으면 외롭고 결혼하면 숨 막힌다고 하더라고요. 저는 외로운 것보다 숨 막히는 길을 선택한 것입니다. 숨 막히는 고비의 길, 비탈길을 이왕 선택했으니 밀고 가는 중입니다.

내년이면 결혼 50주년이 됩니다. 지루하게 오래 살았나요.

치킨게임도 이판사판도 해 보았지만 '너 때문이야'가 아니고 '내가 슬퍼, 내가 불안해' 등등 나의 느낌을 표현하는 습관이 최

고인 것 같습니다.

물론 칭찬이 명약이죠.

'당신 50대같이 싱싱해 보여요.'

'양복 색이 너무 잘 어울려요.'

'당신을 위해서 만든 칼라 같애.'

'식탁에 냅킨 놓아 주어서 고마워요.'

돈 지불해야 되는 것도 아닌데 칭찬을 쏟아부은 날은 나도 '흡족', 남편도 '흡족' 기분이 좋습니다. 이런 좋은 길이 있는데 왜 고행길을 가느라 힘들었는지 후회를 합니다.

우리 부부는 평생 원수가 아닌 천생연분으로 살기를 원합니다.

2017. 08. 17.

| 악화된 부부 관계의 회복

> 내일은 우리가 어제로부터 무엇인가 배웠기를 바란다.
>
> – 존 웨인, 미국 영화배우

Q. 내가 배우자의 말에 민감한 반응을 보이지 않게 되는 이유는 무엇 때문입니까?

부부의 사계절

A. 내가 배우자의 말에 민감한 반응을 보이지 않게 되는 이유는 무엇 때문일까요.

제가 더 잘 알 수 있는 부분들, 예컨대 반찬의 양, 맛, 외출할 때 옷차림, 애경사 때의 돈 문제, 그 밖의 돈의 지출 등등을 남편이 지휘 결정할 때는 압력밥솥의 증기처럼, 터질 것처럼 억눌리는 기분입니다.

그리고 녹음기 소리처럼 패턴화 되어 버린 소소한 말도 귀담아 들리지 않습니다. 창문이 열려 있고 소음이 들려오는 듯이 신경이 피곤합니다. 함께 있는 공간이니 자극이 오면 반응하고 살아야 하는데 이렇게 삐걱댈 때는 집 안 공기도 탁해진 것처럼 스산함 속으로 묻히게 됩니다.

왜 이렇게 어렵게 사나!

내가 나를 들여다보니 나도 자존감이 필요한데 그곳이 상처를 입어서 앓이를 하는 것 같았습니다.

그리고 습관에 젖은 게으름 때문에 돈보스코에게 예민하지 못하고 남편을 먼 산 보듯이 한 것이 아닌가 하는 생각도 듭니다. 돈보스코를 볼 때 신혼 때만큼은 아니더라도 예쁘게, 긍정적으로 보는 눈으로 바꾸어 보려 합니다.

알뜰하게 사는 것도 괜찮지만 돈보스코의 자존심을 세우는 것도 못지않게 중요한 것 같습니다. 부엌일도 염려해 주는 것이 무관심보다는 나은 일이라고 높이 봐 주려고 노력하려 합니다.

이런 마음을 이렇게 쓰기만 해도 미세먼지 나쁨이 좋음의 공기로 바뀐 듯 말끔해집니다.

새 집에 이사 온 기분입니다.

2017. 05. 17.

| 부부가 공유할 수 있는 인생의 의미

> 인생은 흘러가는 것이 아니라 채워지는 것이다. 우리는 하루하루를 보내는 것이 아니라 내가 가진 무엇으로 채워 가는 것이다.
>
> — 존 러스킨

Q. 우리 부부가 함께 공유할 수 있는 인생의 의미에는 어떤 것들이 있습니까? 이에 대한 나의 느낌은?

A. 제가 배우자의 삶에 걸림돌이 아니라 디딤돌이 되게 하소서.

외눈박이처럼 전체가 아닌 일부분만 보거나, 그리스신화 속 6개의 머리를 가진 괴물처럼 생각의 머리가 여러 개인 경우도 산란해지는 오류를 범한다고 하더라고요.

정신(천)과 물질(지)인 몸이 합해서 사람인데 오로지 물질에 해

당하는 수단, 돈, 명예, 사회적 관습에 치우치면 밸런스가 깨지면서 고통이 온다고 합니다.

돈보스코와 저도 딸린 식솔이 많다 보니 경제에 관심을 소홀히 할 수는 없습니다. 미국에 있는 딸이 집을 팔았는데 집값은 오르고 새로이 마련하지 못해서 많은 염려가 됩니다.

돈보스코는 경제학을 공부한 사람이라, 경제전망을 물어보면 사뮤엘슨 같은 노벨경제학상 수상자도 예측은 틀리기 위해서 하는 거라고 한다며, 엉뚱한 말을 해서 상의 안 하느니만 못하게 더 꽉 막히게 하는 사람입니다. 이렇게 내 관심이 온통 경제 쪽으로만 치우칠 때 머리가 아픈 것 같습니다.

주일, 평일 미사 후 신부님이 말씀하시는 신앙에 관한 전반적인 신학강좌 강론을 듣고, 서로 놓친 부분, 생각을 이야기하며 갈증을 채울 때는, 심란한 마음이 목욕을 한 듯이 개운해집니다. 또 구룡산, 대모산을 기슭만 걸어도 우리 둘이는 행복했습니다.

정말 무슨 복이 있어서 이렇게 흙산 가까이 살면서 행운을 누리는가? 산속을 걸을 때는 마냥 즐겁기만 합니다.

물질과 정신이 밸런스를 유지하는 삶을 살아 보려구요.

말처럼 쉽지가 않고 어렵겠지만, 목적을 두어 봅니다.

2018. 03 .30.

| 쇼윈도 부부

> 최고의 대화방법은 마음으로 듣는 것이다.
>
> – 스테판 폴란, 미국 재무설계사

Q. 내가 배우자와 말을 해 봤자 또 싸움으로 이어질까 봐 말문을 닫게 되는 경우는 언제입니까?

A. 부부간에 대화가 없다는 것은 정서적으로 이혼한 상태이며 이런 부부를 쇼윈도 부부라고 한다네요. 벙어리 되어 3년 눈 가리고 3년 귀 막고 3년 입 막고 사는 것을 미덕으로 알고 있는데 그것이 쇼윈도 부부라니….

생각만 해도 울렁이던, 어떻게 하면 좋게 보일까 애쓰던 때가 있었는데 인제는 그때가 콩깍지가 씌웠던 한때이지 실제 현실의 삶은 아니라 하면서 먼 나라 동화처럼 지워 버리고 살고 있습니다.

의견이 다를 때 그 사람의 애타고 불안해하는 마음, 속상해하는 마음은 전해져 옵니다. 서로 마주 달려와 부딪치는 것은 뻔하니까 이젠 피하지요. 그러나 남편의 속상함을 헤아리려고 노력합니다.

부부의 사계절

물론 의견이 다름에 따라 숨 막히는 것을 넘기기가 쉽지는 않지만…. 발레리나가 체중을 줄이기 위해 절식하여 생리를 몇 개월씩 거르게 되고 발톱이 연달아 빠지는 고통도 참아야 까치발로 9회전을 돌 수 있듯이 저도 원수들의 협상 테이블에 마주하는 모습처럼 되지 않고 행복하기 위해서 노오~력 합니다.

2017. 03. 06.

| 정서적으로 멀어진 부부

두 독백이 대화를 만드는 것은 아니다.

– 재프 댈리

Q. 우리 부부가 정서적으로 멀어지게 느껴질 때는 언제입니까? 이때 나의 느낌은?

A. 모든 동물의 공통적인 의지는 '살고자 하는 의지'랍니다. 삶을 욕망하고 기대하고 집착하는 의지는 맹목적입니다. 맹목적 의지에 휘둘리는 삶은 고통스럽습니다. 인간에게는 인생의 비극에서 벗어날 수 있는, 동물과 다른 인간의 길, 능력이 있습니다.

그것이 바로 관조이지요. 보는 것을 보는 것, 작용을 보는 것, 생각을 지켜보기, 바라보기입니다. 객관화가 이루어지고 정신이 뚫립니다.

돈보스코의 말이 비수같이 나를 찔렀던 때가 있었습니다. 벼랑 끝에 있는 나를 밀어 버린 것처럼 섭섭다 못해 설렁한 단절을 느꼈습니다. 우리 둘의 관계가 다시는 돌아올 수 없는 루비콘 강을 건넌 기분이었죠. 찻잔 속의 태풍이 아니라 깨진 유리그릇을 보는 듯 되돌려질 것 같지 않았습니다.

시간이 흐르면서 상황을 바라보니 내가 약하고, 예민할 때에 한 이야기라 더욱 예민하게 느껴진 것이지 농담 반 진담 반으로 들어 넘길 수도 있는 것이라 객관화를 할 수 있었습니다.

멋대로 뻗어 나가는 상상과 펼쳐지는 생각도 지켜보았습니다. 결국 사랑싸움이었습니다. 그렇게 바라보다 보니 집착 같은, 꽉 눌려 있던 압력이 뚫리면서 운신의 폭이 생기더라고요.

순간을 어떻게 해결해 가는 것이냐가 부부 삶의 예술인 것 같습니다. 이렇게 삶을 객관화하고 관조해 보는 것이 정서적으로 멀어진 부부에서 벗어나는 길인 걸 깨닫게 됐죠.

저는 보는 것을 보는 관조의 삶으로 내 삶의 예술을 꾸며 보려고 합니다.

2018. 06. 13.

부부의 사계절

| 부부가 하나가 되려면

Q. 오늘 나는 부부가 하나 되기 위해 무엇을 하고 싶습니까? 이때의 나의 느낌은?

A. '의식은 대상을 추론하고 판단하는 생각과, 대상에 대해 일어나는 기분인 감정과 달리, 대상을 알아차리는 것이다.'라고 하더라고요.

저는 요즘 나이가 들어가면서 내가 할 일이나 똑바로 해야 되지 않겠나, 괜히 남편 일 참견하다가 내 뒤치다꺼리도 못 하고 엎친 데 덮친 격이 되지 않게 해야겠다, 하는 생각을 해 봅니다. '너나 잘해'라는 소리를 듣는 것보다 내 일에 충실해 보려고 애를 씁니다.

그러다 보니 기름과 물처럼 띠가 생기는 것 같고 남편 일 따로 부인 일 따로 분업하며 사는 것 같아요. 이상한 먹구름이 끼는 것 같습니다.

태초에 아담과 하와가 아담 안에 일치되어 있다가 분리되었을 때, 심심하지 않았는지는 모르지만, 선과 악이 갈리고 주종 관계가 이루어지듯이 갈등이 생기고 결국 생명의 빛에서 어둠 속 불쾌의 상태를 불러일으키지 않았겠나 싶고-

돈보스코와 나 사이도 따로따로일 때 오히려 거리가 벌어지고 외로움, 서글픔, 불안함을 느끼게 되는 것 같았습니다.

진정으로 깊은 쾌감은 분별이 사라질 때 오게 되어 있는 것 같아요.

이번에 통영, 하동 , 산청 등 지리산 둘레길을 여행했습니다.

뭔가 가슴에 짓눌려 있던 추가 내려가는 듯 힐링이 되었습니다. 개별적인 내가 없어지고 둘이 하나인 것처럼 좋았습니다. 마음속이 시원했습니다.

둘이 아니라 하나처럼, 돈보스코가 나이고 내가 돈보스코일 때, 그렇게 느낄 때가 가장 생명력 있고 힘이 있고 살맛이 나게 사는 것 아닌가 싶어요.

내 의식을, 오감을, 보고 듣고 냄새 맡고 맛보고 느끼는 모두를 합해서 돈보스코를 느끼고 의식하도록 목표를 세워 보면 어떨까 싶어요.

이루어질 수 없는 꿈일까요?

2019. 04. 03.

부부의 사계절

| 부부는 한몸 (1+1=1)

> 그러므로 남자는 아버지와 어머니를 떠나
> 아내와 결합하여 둘이 한몸이 된다.
>
> – 창세기 2장 24절

Q. 내가 결혼 생활에서 행복을 느낄 때는 언제이며, 이때 나는 어떤 느낌을 갖습니까?

A. 제가 결혼할 때의 시기는 여자의 기본적인 경제와 생존 욕구, 실용적인 측면이 강하게 부각되는 실용의 시대였습니다.

경제가 좀 나아지면서 감성적인 사랑의 시대, 그리고 요즘은 나를 찾고 싶은 내적 삶의 의미, 나의 발전을 돕는 나를 표현하고 싶은 자아표현을 해 보고 싶어요.

미켈란젤로가 조각을 창조하는 것이 아니라 돌덩이에 원래 깃들어 있던 조각품의 형태를 드러내는 것이라 보았듯, 돈보스코가 나의 진정한 자아를 이끌어 내 줄 수는 없을까?

과도한 기대, 이루어질 수 없는 꿈을 꾸는 걸까?

요즘 경험해 보지 못한 듯한 연일 뜨거운 날씨, 미세먼지 때문에 신경이 쓰이는 것이 많습니다.

그리고 주말은 세 끼를 집에서 해서 먹습니다.

따뜻해야 제 맛을 내는 음식들인데, 한참을 뜨거운 부엌 속에서 일하다 보면 등은 벌써 젖어 있고 땀이 연신 흐르는데 백지장도 맞들면 낫다고 좀 거들어 주면 밥상준비가 한결 가벼워질 텐데- 돈보스코는 무얼 하는지 노예처럼 저만 힘겹게 일하고 있는 듯할 때, 야속하고 순간 팽개치고 싶은 때도 있다니까요.

훌륭한 결혼 생활은커녕 그런대로 괜찮은 결혼의 수준에도 못 미치는 것 같아요.

흥분했을 때 소리치는 것은 결국은 서로를 해치기 때문에 이성을 찾으려고 노력합니다.

결심도 합니다. 쉽지 않지만….

1 + 1 = 2 가 아니고 1이라는 결혼의 신비를 깨닫는 일은 현실생활에서는 원수를 사랑하는 것만큼이나 어렵습니다.

그러나 돈보스코와 내가 하나라면, 지금 책을 보고 있는 돈보스코가 나라고 생각하면 '그럴 수도 있지 않겠나.' 나를 스스로 달래면서 땀을 뻘뻘 흘리며 묵묵히 내 할 일을 해냅니다.

결혼은 분명 하느님의 계획이시니까-

제가 폐에 새로운 암이 시작됐다는 진단을 받고서, 일 년 동안 지켜본 의사선생님 말씀이 움직이지 않고 있다는 말씀을 들었습니다.

기도와 염려를 해 주신 ME가족에게 감사를 드립니다.

2019. 08. 06.

부부의 사계절

part2

갈등과 치유의

나날들

다름을 인정하라

| 결혼생활은 인생의 수련과정

> 사랑은 배워야 한다. 끊임없이 배워야 한다.
> 사랑을 배우는 데는 끝이 없다.
>
> – 캐서린 앤 포터

Q. 결혼생활을 잘 적응하기 위해서 가장 필요한 것이 무엇이라고 생각합니까?

A. 결혼은 첫 경험의 연속이었습니다. 가 보지 않았던 길을 가

는 두려움과 생소함, 너무 많은 방법이 있는 것 같다가도 꽉 막혀 버린 것 같은 혼란도 산재해 있었습니다. 앞으로의 남은 결혼생활도 역시 경험하지 않았던 첫 경험으로 살아 내야만 하는 것 같습니다. 젓가락처럼 둘이 서로 합해야만 반찬도 집어서 입으로 넣을 수 있듯이 부부가 서로 의지하면서 힘을 합할 수 있어야 할 것 같습니다.

젓가락 한쪽이 힘을 못 쓰면 아무것도 집을 수 없죠.

부부생활도 서로에게 신명이 나야 못 할 일이 없이 일을 해 나갈 텐데 신명이 꺾이면 결혼생활 역시 쪽박이 나는 거 아니겠어요. 서로가 서로에게 신명 나게 해 주는 것이 중요하다고 생각됩니다. 신나게 살 수 있도록 불가능이란 없다고 생각이 되도록 활기를 북돋아 주어야 할 것 같아요.

고래도 춤을 춘다는 칭찬이 좋을 것 같군요.

어제 경험한 날이 아닌 새 날의 신비를 맞으면서 새 선물로 주어진 배우자를 최고의 배우자로 맞아들이는 신비를 감사드리는 건 어떨는지요.

2017. 10. 13.

| 고정관념

너는 어찌하여 형제의 눈 속에 있는 티는 보면서,

네 눈 속에 있는 들보는 깨닫지 못하느냐?

– 성경(마태오 7:3)

Q. 배우자에 대한 나의 고정관념에는 어떤 것들이 있습니까? 이에 대한 나의 느낌은?

A. 잡념과 망상은 지우지 않은 칠판에 계속 글씨를 써 나가는 것이고, 트라우마는 잘 지워지지 않는 글씨이며, 후회는 과거에 쓴 글씨를 더 또렷하게 각인시키는 행위라고 말하더라고요.

구름은 하늘에 떠 있는 일시적인 형상이지 영원한 본체가 아닌데도, 마음의 불순물인 집착이 응결핵이 되어, 마음속에 먹구름을 만들고 비바람과 천둥 번개를 치게 한다고 합니다.

돈보스코는 바깥의 사람, 나는 안의 사람으로 딱 갈라놓고, 나는 수세미처럼 지저분해도 우리 집을 대표하는 남편은 멀끔해야 된다는 생각을 가지고 살았습니다.

집안의 웬만한 허드렛일은 제 담당이었죠. 계절이 바뀌어 정리한 옷이 들어 있는 무거운 박스도 직접 선반에 끙끙대며 올리고, 전기가 안 들어오면 두꺼비 집도 열어 보곤 했습니다. 하던 일이 있어도 퇴근한 돈보스코가 주문하는 일이 있으면, 나의 일은 팽개치고 돈보스코가 중심이 되어 움직입니다. 저의 하던 일은 엉망이 되어 한심하죠.

최근엔 그래도 그전 병원에서 퇴원할 때 무거운 것을 들지 말라던 말씀이 생각나서 특별히 조심하고 있습니다. 그래도 잘 안 고쳐져 작은 것부터 생활화하기로 했습니다. 성당 장궤틀도 그전에는 제가 얼른 내려놓곤 했지만 이젠 돈보스코가 내리도록 기다려 봅니다.

돈보스코 왈, 당신 공주과가 된 것 같아 하며 못마땅한 듯 장궤틀을 내립니다. 안 어울리지만 억지 춘향이 노릇을 하고 있습니다. 반 박자 늦어서 그렇지 그래도 남편이 나를 쫓아다니며 도우려 합니다. 저를 생각해 주는 것도 늘었습니다.

내가 만든 고정관념에 치여 너무 숨 막히게 산 것 같아요. 생각해 보면 알뜰살뜰한 부부잖아요. 먹구름도 일시적이지 영원히 하늘을 가리고 있을 수는 없는 거잖아요.

괜히 걱정을 해서 천둥 번개 치기 전에 필요 없는 망상 잡념 생각들은 지워 버리는 것은 제가 해야 할 일인 거죠.

2018. 09. 04.

| 가슴에 박힌 못

사과는 삶의 특수한 접착제이다. 그것은 무엇이든지 고칠 수 있다.

– 린 존스턴

Q. 내가 배우자의 가슴에 박은 가장 큰 못은 무엇입니까?

A. 제목만 들어도 흉악한 기분이 듭니다. 여우와 두루미처럼 내 한계 안에서 미처 헤아리지 못하고 저질러진 어떤 것은 있을지라도 그것이 가슴에 박힌 못으로 남도록 박한 마음을 먹은 것은 아닌 것 같습니다.

남편은 음식이 먹다 남으면 아깝다고 다 먹어요. 저는 항상 좀 남기는 버릇이 있습니다. 왜 한 수저만 먹으면 되는데 꼭 이렇게 남기냐고 저를 구박합니다. 남편이 성품이 좋아 보이지 않는 국민학교 동창을 만납니다. 이런 때는 정확한 이유를 들어 멀리하도록 하죠.

남편은 사춘기 때 집안이 기울어 어려운 시절을 보내면서 알뜰한 것이 우선이고 저는 집안에 식솔이 많아서 남겨 놓아야 좋아하는 분위기에서 자랐습니다. 서로 그동안 길들여진 어린 시절의 차이를 인정하기 시작하니 인제는 남겨도 덜 거슬리는 것

부부의 사계절

같습니다.

칠판에 글씨를 쓰고 깨끗이 지워지지 않은 상태로 계속 글씨를 쓰면 헷갈리게 되듯이 24시간 전의 잔영을 그대로 간직하고 부부생활을 하면 깨끗이 지워지지 않은 칠판에 판서를 계속 하는 것처럼 복잡할 것 같아요.

깨끗이 지우는 것은 저의 책임이고 제 마음에 길이 있지 않을까 싶어요. 문밖에서 아무리 두드려도 잠그고 있으면 닿을 수 없지 않을까요? 쉽지는 않지만 제가 쓰레기를 갖다 버리려고 노력하려 합니다. 그 사람은 두루미라서 호리병으로 나를 대접하려 하는데 어찌 그 사람을 바꿀 수 있을까요.

물론 상의는 해 보겠지만 남자를 여자로 바꾸는 것만큼 어렵지 않을까요?

'내가 길이요' 하신 예수님 말씀 따라 저도 제 안의 길을 닦아서 생명으로 나가보려고 힘쓰려 합니다.

마음은 무거워졌지만 돈보스코를 바꾸기보다는 제가 정신 차리는 게 더 희망적인 것 같아요.

2017. 05. 19.

| 성격 차이

Q. 우리 부부의 성격 차이로 인해 내가 겪는 갈등에는 어떤 것들이 있습니까? 이때 나는 어떤 느낌이 듭니까?

A. 저는 알 수 없는 부분이 알 수 있는 부분보다 훨씬 더 많은 것 아닌가 생각해 봅니다. 하나의 섬을 볼 때 물 위에 떠 있는 부분보다 물속에 잠겨 있는 부분이 훨씬 많은 것처럼 말입니다. 저도 저 자신에 대해 모르는 부분이 너무 많은 것 같았어요. 내 몸속의 폐가 오른쪽 3엽 그리고 왼쪽 2엽, 총 5엽으로 이루어진 것도 모르고 살았거든요. 제가 알 수 있는 것은 극히 소량인 것이지요. 그런데 어찌 남편의 속을 제가 다 알 수 있나요.

'내가 나도 모르는데, 어찌 돈보스코를 다 알 수 있으리오.'

예상했던 차이는 이해가 가지요. 그러나 엉뚱하게 불쑥 튀어나오는 영 다른 면은 당황할 수밖에 없지요.

돈보스코는 사람을 좋아합니다. 성격이 원만하다고 할까요.

그러다 보니 너무 바빠요.

의정부 어디에 계시는 신부님 어머님 상을 당했다고 찾아 찾아 문상을 간다든가, 직장도 여러 번 옮겼는데 있었던 직장마다 한두 모임은 지금까지 지속적인 만남을 해 오고 있습니다.

때문에 당연히 아이들과의 시간은 등한시 될 수밖에 없었습니다. 아이들이 아버지 없이 자란 것 같은 성격이라고 담임선생님한테서 지적을 받은 적도 있었지요.

제가 미리 짐작할 수 없었던 면입니다. 그 외에도 놀라움을 줄 때가 수시로 있어 아 저런 면도 있는 남편이었구나 하며 감당하기 어려운 숙제를 가지고 살고 있죠. 나와 다른 면모이기 때문에 부작용도 만만치 않지만 또 한편으로는 그렇기 때문에 인식의 폭을 넓혀 준다는 장점도 있습니다.

이렇게 서로 다르기 때문에 살아볼 맛이 있는 것 아닌가요.

혹시 그럴 리는 없지만 둘이 같다면, 고인 물처럼 썩는 건 아닌지? 다르기 때문에 활력이 붙는 게 아닐지 모르겠습니다. 왼발 내딛고 오른발 내딛어야 앞으로 가듯이 역사가 엮어지는 것 아닐까요?

계속 왼발만 내딛으면 무너지는 거죠.

차이 때문에 다채로운 삶을 살아 보는 것이려니 하면서 아둔하게 살아가고 있습니다.

2017. 11. 17.

| 내 생각도 틀릴 수 있다

> 나도 틀릴 수 있다. 내가 진리라며 살지 않았는지!
>
> – 존 스타인벡

Q. 내가 언제나 옳다고 생각했는데 그렇지 않다는 것을 알았을 때는 언제이며 이때 나는 어떤 느낌이 들었습니까?

A. 신부님의 강론도 듣는 사람의 경험, 알고 있는 지식에 따라, 그리고 각자의 패러다임에 따라 다르게 이해가 되는 것 아닐까요? 그렇다고 다르게 흡수하는 것이 틀린 건 아니잖아요. 돈보스코와 이야기할 때 나는 괜찮게 생각되는데 남편은 되게 못마땅하게 여길 때가 있습니다. 또 나는 싫은데 남편은 성인군자처럼 부드럽게 받아들일 때 우리 둘 사이에 선이 그어진 것처럼 이질감에 불쾌하고 같이 있기가 피곤합니다. 함께 동의해 주지 않는 남편이 야속하고 동반자가 아닌 딴 사람같이 섭섭하기도 합니다. 하다못해 나는 한식이 먹고 싶은데 돈보스코가 일식집에 가려고 하다가 함께 한식집에 가 주어도 편안함을 느끼는데 말입니다.

　저는 제가 아이들한테 가지고 있는 가치관이 있고 남편은 좀 다릅니다. 저는 은근히 제 생각을 펼쳐 나갔죠. 시간이 지나면서 돈보스코의 생각이 넓은 의미로 맞고 내 생각은 편협했다는 생각이 들었습니다. 제 생각을 밀가루 반죽 늘리듯이 키워 하늘 속성을 닮은 남편 생각에 맞출 때 나를 포기한다는 생각에 속상함이 드는 것이 아니고 외려 집착에서 풀려난 듯 시원한 느낌이었습니다.

모든 것이 예상한 대로 가면 편안하죠. 그러나 신비감은 떨어지지 않나요?

돈보스코가 엉뚱하고 예상치 못할 결정을 할 때는 불쾌하고 두렵지만 그 새로움이 오히려 저에게 희열을 주는 것 같습니다.

우리 부부가 어거지 천생연분처럼 보였나요?

2017. 11. 14.

| 부드러운 문제제기

> 때때로 인생이란 커피 한 잔이 가져다주는 따스함에 관한 문제이다.
>
> – 리처드 브로티칸

Q. 배우자에게 불만이 생기면 나는 어떻게 문제제기를 하고 있습니까? 이때 나의 느낌은?

A. 어제 저녁은 ME대표 부부님이 만찬에 초대해 주셔서 행복했습니다. 가나의 혼인 잔치가 아마 그런 분위기가 아닐까 상상해 봅니다. 부부들이 저마다의 이야기를 소개하시는 모습에서, 쉽지 않은 문제들도 현명하고 아름답게 소화해 가며 살아가는 모습이 배여 있었습니다. '그럼에도 불구하고'의 삶의 향기를 느낄 수 있었습니다. 풍성한 꽃밭처럼 제각각의 향기를 뿜어내는 듯했습니다. 물론 아름다웠죠. 어디서도 느낄 수 없는 순수한 향내 같았어요.

'와서 보아라. 그분과 하루 묵고 삶이 확 펴진 삶을 제자들이 산다.'고 하신 신부님 강론처럼 ME부부로 동행하면서 서로서로 확 펴지는 삶에 영향을 주고 행복에 힘이 실리는 것 같았어요.

저는 돈보스코에게 불만이 생기면 지렁이도 밟으면 꿈틀하듯이 화가 납니다. 거리감이 생깁니다. 길에서 만난 사람에게 하듯이 따지고 싶죠. 실제로 그렇게 격렬하게 싸움도 해 봤거든요.

그러나 소외된 섭섭함이나, 힘겨운데 강 건너 불 보듯이 하는 야속한 남편이 관심을 가져 주었으면 하는 따뜻함을 느끼고 싶은 것이 대부분이었지요.

'백지장도 맞들면 낫다는데 당신 도와줄 수 있어요? 인제는 조금만 무리해도 힘이 드네….'

이제 돈보스코도 기꺼이 도와주려 하고, 전쟁 없이 서로 고마움을 느끼며 살려고 애씁니다. 별 볼 일 없는 순간을, 견디지 않고 풀 수 있는 문제란 본래 없는 법이니까요.

2018. 01. 14.

| 불평불만은 결혼생활의 독소

행복은 감사의 문으로 들어오고 불평의 문으로 나간다.

– 서양속담

Q. 배우자에게 불평과 불만을 말할 때 나는 어떤 느낌이 듭니까?

A. 60년대에 '불평불만 속에 간첩이 날뛴다.'라는 표어를 심심치 않게 보았던 것 같습니다.

쥐를 가지고 실험을 했는데, 짝짓기를 할 때 냄새가 다른 쥐를 선택한다고 해요. 사람도 성향이 다른, 나에게 없는 점을 간직한 이성을 찾는다고 하더라고요. 마치 자석이 서로 다른 극은 끌어당기고 같은 극끼리는 밀치듯이 말입니다.

돈보스코와 제가 같은 문제를 놓고 보는 관점, 해결하는 방법이 상이할 때, 저 사람은 왜 나와는 영 다르게, 저렇게 생각할까? 답답하고 화까지 치밀어 오를 때가 있습니다.

왜 나처럼 생각하지 못할까?

찰떡 궁합인줄 알았는데 중요한 순간에 어깃장 비슷하게 일을 꼬이게 할 때, 한심해서 맥이 빠진다니까요.

같기를 바라는 데서 하느님의 유일성에 반하는 생각을 한 것 같습니다.

왼손과 오른손이 다르기 때문에 두 손을 서로 꽉 잡았을 때 힘을 발휘하듯이 서로 다르기 때문에 강한 것을, 감정에 휘말리어 '차이 때문에 평등할 수 있다'는 강점을 놓칠 때가 비일비재했습니다.

희로애락 모든 느낌은 그 자체만으로는 윤리성이 없지만, 행동으로 옮길 때 윤리성이 생기고, 사달이 날 수도 있는 것 같습니다.

남편의 생각과 내 생각을 비빔밥처럼 합치면 더욱 맛을 내는 것을, 내 생각만 우월하게 보호하려는 속성 때문에 불협화음이 속출하는 거였어요.

다르기 때문에 매력으로 끌렸던 것인데 또 다르기 때문에 싸우게 되는 것은 잘못된 일 아닐까요?

돈보스코에게 불평불만을 말할 때는 간첩이 날뛰듯이 불화가 터지는 거죠. 끝장이 나버릴 것처럼. 아이구야.

2018. 03. 20.

| 사소한 불만

> 혼자 살면 비난할 사람을 찾기가 힘들어진다.
>
> ― 미상

Q. 내가 배우자에게 가지고 있는 사소한 불만에는 어떤 것들이 있습니까? 이에 대한 나의 느낌은?

A. 한 사람의 경험 속에는 이해할 수 없고 가둘 수 없는 익명인 채로 남아 있는 감정이 때때로 있습니다. 내면의 신비가 있

습니다. 또 말은 특유의 온도를 가지고 있어서 약해진 사람에게 얼음처럼 박힐 때가 있습니다.

저희 부부는 속도의 차이가 있습니다. 돈보스코는 차근차근하고 거의 완벽에 가깝게 일을 합니다. 맡은 일은 틀림이 없습니다. 대충 하고 이따가 갔다 와서 해도 될 법한데도 열심히 시간 가는 줄도 모르고 열중하다가 약속 시간에 오히려 늦는 경우가 있습니다.

저는 늦는 것은 싫어요. 시간이 다 되어 가면 속이 달아올라요. 부싯돌처럼- 그래서 열심히 매듭을 짓고 일어서는 남편을 볼 때 어떻게 저렇게 안정감이 있을 수가 있나 싶을 때도 있어요.

이번에 제가 병원을 들락거리면서 가슴이 매미 날개처럼 파르르 떨리더라고요. 돈보스코가 나를 기다리고, 필요로 하는데, 만약의 경우 투병을 해야 되나 하는 생각이 들어서 겁이 나더라고요. 지금 이 시간을 잘~보내야 하지 않겠냐는 생각도 들고요.

미어질 듯이 안타까운 마음도 있고, 아쉬움도 밀려와 범벅이 되었습니다. 돈보스코의 움직임에도 예민해지면서 서운한 생각이 들 때도 있었죠. 돈보스코는 이해하지 못할 수도 있는, 내 내면의 감정 때문에 섭섭한 거예요. 그냥 그런대로 살아 내야 하는 영역이 서로에게 있는 것 같아요. 완벽한 소통은 불가능한 것 아닌가도 싶어요. 말은 특유의 온도를 가지고 있기에 애써서 사용해야 할 것 같아요.

부부의 사계절

오늘 의사 선생님을 만났습니다.

지금은 그냥 데리고 살아 보라고, 암이 더 다른 변화를 하면, 그때도 수술하는 것과 같은 효과의 치료법이 있으니 지내보자는 말씀을 듣고 왔습니다.

기도해 주시고 염려해 주셔서 암도 묶여 버리는 것 같아요.

ME부부의 사랑이 모든 것을 녹일 수 있다는 것을 느꼈습니다.

정말 정말 감사드립니다.

2018. 07. 09.

| 서운한 마음은 그때그때 풀어야

> 우리가 만일 상대방의 입장에서 이해하고 아량을 베푼다면
> 세상의 비참함과 오해 가운데 4분의 3은 사라질 것이다.
>
> – 모한다스 간디

Q. 나는 언제 배우자에 대해 서운한 감정을 느끼게 됩니까? 그때의 느낌을 묘사하면?

A. "당신 왜 연락이 안 되는 거야?" "오늘 모임에 간다는 것 몰

랐나?"

갑자기 아메바가 몸을 늘려서 이동하듯이 돈보스코의 황당한, 들어 보지도 못했던 약속시간을 맞춰 내기 위해 안간힘을 써야 할 때 정신이 아찔하도록 서운하죠.

나도 모르는 카톡방을 열고 며느리와 카톡을 주고받는다는 것을 알았을 때, 나는 순간 이방인이 된 것처럼 섭섭하죠. 식구에서 빼버림을 당한 것처럼 야릇한 외로움에 휩싸입니다. 나도 모르게 며느리 노조가 돈보스코의 힘을 업고 형성되는 것 아닌지? 내 발 밑이 금이 가고 있는 것처럼 정말 불쾌하고, 황당하게 서운하죠.

지금 전화처럼, 저녁을 함께하려고 가을 아욱국을 구수하게 끓여 놓고 기다리는데 직원들과 영화 보고 저녁 먹고 온다는 간단한 통보를 받았을 때도, 혼밥을 먹으려니 어깨가 처집니다. 이렇게 하나의 인격체로 대해 주지 않고 집에 있는 편리한 꼭두각시처럼 대접받을 때 '노 땡큐'입니다.

나의 흠을 다 알고 있기에 귀중품은 아니라도 중등품 취급은 받기를 원하는 거죠. 돈보스코의 입장에서 이해하고 아량을 베풀려고 해도 서운한 것은 서운한 거죠.

제가 어림없는 꿈을 꾸고 있나요?

2017. 10. 23.

부부의 사계절

| 상처를 받았다면

혹자는 시간이 지나면 상처가 낫는다고 한다.
그러나 나는 이에 동의할 수 없다. 상처는 남는다.
시간이 지나면 우리의 정신을 스스로 보호하기 위해
그 상처를 새로운 살로 덮고 고통이 줄어들지만
상처는 영원히 사라지지 않는다.

— 로즈 케네디

Q. 내가 배우자의 말에 자주 상처를 받는 문제가 있다면 그것은 무엇입니까? 이때 나의 느낌은?

A. 남편과 저는 거의 50년을 함께 살았습니다. 긴 세월 동안 살면서 서로 얼굴이 세숫대야같이 넓어져도 가고, 저는 초저녁잠이 없고 돈보스코는 초저녁잠이 많은데 그 버릇도 바뀌는 등 여러 면에서 닮아 가고 있습니다.

그러나 어릴 적부터 제가 자란 환경, 기질, 취향, 가치관 등 나를 형성한 것들, 문화적 취향은 남편과 차이가 생길 수밖에 없습니다.

저는 집에서 거의 살림을 하지요. 집 안 분위기가 항상 똑같은 것보다는 변화를 주고 싶을 때가 있습니다. 이 돌은 저쪽 창가로 옮기는 것이 더 나을 것 같아서 그렇게 하면 어떨까? 했는데, 지금이 최상의 위치고 그냥 두라고 단칼에 막힘을 당할 때나, 올려놓은 것이 좋아 보여 올려놓았던 것이 어느 순간에 다시 땅바닥에 내려놓여져 있을 때도 왠지 가슴이 꽉 막힙니다. 쩽한 동치미 맛처럼 시원했던 맛이 골로 가 버린 듯이 시무룩해집니다.

우리 모두는 고유한 유일성을 가지고 있기 때문에 차이가 무시될 수는 없습니다. 차이에서 오는 갈등은 있기 마련이라서, 잘 엮어 내야 할 것 같습니다. 그냥 눌러서 속앓이를 하는 것보다는 내 느낌을, 나를 알려 주어야 남편도 나를 '알' 수 있을 것 같았습니다. 한쪽으로 무게 중심이 치우쳐서 균형이 깨진 듯한 불편함, 답답함이 있으니 옮겨 보고 싶고, 지루하니까 변화를 주어 새로운 기분도 내 보고 싶다고 말했죠. 옮겨 보았다가 이상하면 원상태로 해 보는 것이 어떻겠느냐는 제 의견을 돈보스코가 받아들여 주었고 그렇게 실행을 했습니다.

옮긴 상태를 남편도 좋아했습니다. 나도 편안하고 말끔한 기분이 들었습니다.

오래 묵은 장 맛처럼, 어떻게든 어우러지면서 서로 부닥치는 일은 준 것 같아요.

2017. 11. 22.

부부의 사계절

| 건강한 타협

Q. 우리 부부가 건강한 타협을 하기 위해서 내가 고쳐야 할 타협의 태도는 어떤 것들이 있습니까? 이에 대한 나의 느낌은?

A. 나서 죽을 때까지 무수한 선택의 기로에 서는 것 같아요. 그 선택의 연속이 생활인 것 같기도 하구요. 이사를 할까 말까 할 때도 저는 새 집으로 이사 가고 싶고, 돈보스코는 이 집에 살면서 섭섭한 일, 불편한 일이 별로 생각이 안 나는데 왜 이사를 가려고 하느냐?라고 하지요.

돈보스코는 소리에 예민합니다. 교통이 좋은 길옆에 살 때는 서울역 대합실에서 자는 것 같다면서 불편해했습니다.

저는 다름과 틀림을 색맹처럼 구별 못 할 때가 종종 있습니다. 정말 짜증스럽고, 속상하고, 답답했습니다.

달팽이가 90cm를 전진하는데 17분이나 걸려도, 경주를 하잖아요. 저도 그처럼 버티어 보려고도 했었지요.

아이들 학군 문제도 있었는데, 조용하고 한적한 곳에서 살기를 원하는 목가적인 남편이 이해가 가지 않았죠.

그러나 내 생각을 바꾸지 않으면, 변하지 않으면, 나비가 될 수 없는 거죠. 애벌레로 남아야 되는 거죠.

편리한 점, 유리한 점, 우리가 그럴 수밖에 없는 경우들을 열심히 머리를 맞대고 조목조목 이야기를 나눌 때, 돈보스코도 물러서는 기미를 느낄 수 있었습니다.

가슴을 누르고 있던 큰 돌이 서서히 움직여 제치는 듯 시원해 오기 시작했습니다.

저하고 다르다고, 틀렸다고, 고집 세우지 않고, 달팽이처럼 열심히 노력해서 소통할 때 공감할 수 있었고, 그래서 힘이 더 보태지더라고요.

달팽이가 경주를 신청할 게 아니고, 집요하게, 열심히 애쓰기 작전이 더 유효하더라고요.

2017.12.16.

| 서운한 감정

Q. 내가 배우자에게 가끔 서운한 감정을 갖게 될 때는 언제입니까? 이에
대한 나의 느낌은?

A. '과일도, 단풍도, 꽃도, 인생도, 벼락과, 빗물 끝에 무르익는
다. 언제나 찬찬히.'라는 영화 대사가 생각납니다.

내일 아침 일찍 7시에 굵고 총체적인 검사를 받으러 병원에
갑니다. 며칠 전부터 마음이 벌레가 먹은 듯 '허'합니다. 일이 손
에 잘 안 잡히고, 흐릿한 안경을 쓴 듯이 희뿌옇습니다.

돈보스코가 몇 시에 병원에 가느냐고 물었습니다. 아침 일찍
7시에 떠나야 하면, 일찍 밥상을 차려 놓고 가라고 했습니다.

계단을 헛디뎌서 발목이 삔 듯이 가슴이 아파 왔습니다.

다른 식구들이야 '긴 병에 효자 없다' 하는 말이 있듯이 무심
해도 괜찮지요.

하지만 남편은 서로 지팡이처럼 기대고 살아온, 믿고 의지할

유일한 이인데, 전날 저녁부터 물도 마시면 안 된다는 저를 생각해 주기는커녕, 밥상 차려 놓고 가라는 말을 하니 꽝 하고 뭔가가 나를 덮쳐 숨이 막히는 것 같았습니다.

과일도 단풍도 꽃도 인생도 벼락과 빗물 끝에 무르익는다는 말이 왜 있겠습니까?

무르익으려면, 얼마나 무수한 벼락과 빗물 맞아야 하는지-

내가 견디어 낼 맷집은 있는지.

대롱대롱 매달려 위험하지는 않은지.

아마도 큰 기도가 필요한 건 아닐지-

오늘도 십자가를 바라봅니다.

2019. 01. 17.

| 남자의 지갑, 여자의 핸드백

여자는 깊게 보고 남자는 멀리 본다.

– 쿠르베

Q. 나는 배우자의 핸드백 또는 지갑을 볼 때, 어떤 느낌이 듭니까?

부부의 사계절

A. 돈보스코의 지갑은 전문병원이라면, 제 핸드백은 일반병원입니다. 돈보스코의 지갑에는 신용카드와 약간의 현찰밖에 없지만, 제 핸드백은 지갑 말고도 이것저것 들어가 있어 일반병원 역할을 해야 합니다.

성당에 갔다 오다가도 짐이 생기거나, 유인물이 생기면, 당연히 남편은 제 넓은 가방 속에 그것들을 챙겨 넣는 줄 알죠.

언제나 사용가능한 변환 어댑터 역할을 충실히 해야 합니다.

하물며 돈보스코가 지갑을 안 가지고 나와, 제가 돈을 치러야 할 때도 있었다구요.

그래서 종종 난감한 상황을 면할 수 있었습니다.

제 핸드백은 저뿐만 아니라, 남편의 보호막 역할도 합니다.

때로는 저의 역할보다 내 핸드백의 역할이 남편한테 요긴할 때도 있더라구요.

다분히 우리 부부의 믿음직한 친구죠.

제 생각에는 핸드백은 우리 집의 집사같아요.

든든하고, 안정적으로 느끼게 해 주거든요.

나까지 남편처럼 거추장스러운 핸드백 없이 다니면, 서로 많이 불편하게 될 수도 있다고 생각합니다.

저의 핸드백은 궂은 일 품는 고마운 역할 해 주는 보모 같아요.

2019. 01. 23.

| 부부문제는 먼저 내 안에서 찾아야

> 애착 대상과의 단절은 매우 위험하다.
> 각막에 상처를 입은 것처럼 관계는 파괴되고 고통을 겪게 된다.
>
> – 토머스 루이스

Q. 배우자와 친밀해지는 데 내 안에 장애는 무엇입니까? 이에 대한 나의 느낌은?

A. 내 마음은 여인숙과 같습니다. 새로운 손님, 즉 변화무쌍한 감정, 기쁨, 슬픔, 절망, 불안 같은 감정이 예기치 않은 방문객처럼 찾아옵니다.

수천 가지의 감정을 내 주관적 선호도로 선택하는 '내'가 있습니다.

돈보스코와 함께하고 싶은 일이 있는데도 전화만 하고 있는 남편을 기다리자니, 어딘가에 갇힌 듯이 답답했습니다.

여전히 집안일은 뒷전이고 친구들만 우선인 남편이 야속했죠.

그런데 알고 보니 시어머니 상을 당했을 때 조문을 해 주신 분들에 대한 예의로 감사전화를 걸고 있는데 그것도 모르고 나의 선입견으로 돈보스코를 오해한 것이었습니다.

내 마음의 거울이 깨끗이 닦이지 않아 지저분해서, 돈보스코가 제대로 보이지 않은 것이지 남편의 문제는 아니었던 거죠.

내 감정이 변화무쌍한 것이 남편을 보는 창을 더럽힌 것이지 남편의 잘못이 아닌 경우가 많아요.

여인숙에 손님처럼 찾아든 별로 달갑지 않은 손님도 전화위복일 수가 있듯이, 남편과의 속상한 기분도 잘 인내하면 좋은 결과가 올 수도 있지 않을까요.

인내의 끝은 달다고 했나요.

2019. 11. 17.

| 느낌은 필요성을 알려 주는 신호

안 좋은 것은 누구나 가질 수 있지만
좋은 느낌은 누구나 가질 수 없기 때문에 비밀의 문 안에 두었다.

─ 시집 『가슴에 남는 좋은 느낌 하나』 중에서

Q. 나는 부정적인 느낌이 들면 필요성을 어떻게 충족시키려고 합니까? 아니면 회피하려고 합니까? 이때 나의 느낌은?

A. 인간의 마음을 성난 호랑이에 비유한다네요.

성난 호랑이는 이리저리 마구 쏘다니다가 자기가 원하는 것을 얻지 못하면, 흥분을 가라앉히지 못하고 끝내 말썽을 일으킨답니다. 화를 내기 전과 후는 전연 다른 세상, 천당에서 지옥으로 한순간에 상황이 바뀔 수 있습니다.

인간 세상의 온갖 불행은 다름 아닌 성난 호랑이를 제멋대로 풀어놓는 데서 출발할지도 모릅니다.

돈보스코가 제가 힘겹게 부엌일을 하고 있는데 카톡을 하고 있거나, 문자를 넣고 있을 때, 혹은 마치 기차시간 놓칠 것처럼 빠듯하고 바쁘게 일하고 있는데 도우라고 불러 댈 때, 함께 상의하고 싶은데 약속 있다고 나가 버리는 문 닫는 소리 들을 때.

내 마음의 호랑이가 튀어나올 것처럼 화가 납니다.

차분하고 이성적으로 판단하면 얼마든지 역풍을 피할 수도 있는데, 힘겨워도 다시 일해야 하는 것 아닌가요.

서로에게 전부를 쥐어 주던 때가 우리에게도 있었는데, 나를 진심으로 이해해 주는 유일한 사람인 남편, 크고 작은 일도 나누며 살고 싶은데- 이로운 점이 많은데도 너무 가까이 있어서 보이지 않은 것은 아닐까요!

* 사랑은 결심 * 이라지요. 하마터면 천당에서 지옥으로 한순간 상황이 뒤바뀔 뻔했습니다.

2019. 10. 01.

경청하고 소통하라

| 경청은 마음을 얻는 지혜

> 말하는 것은 지식의 영역이고, 듣는 것은 지혜의 영역이다.
>
> – 아라비아 속담

Q. 내가 배우자의 말을 경청하는 데 장애가 되는 것은 무엇입니까? 이에 대한 나의 느낌은?

A. 괴물은 눈이 하나로 표현된다네요. 한 눈이라서 전체를 볼 수 없어 부분만 보는 편견을 낳는 거죠. 저는 돈보스코가 이야

기하는 것을 그대로 듣기보다 내 편에서 더하고 빼고 해서 나에게 맞는 잣대를 만들어서 재서 듣지요.

"여보, 오늘 뭐 한다고 했죠."

"어제 말했잖아, 점심 약속 있다고."

내 생각 속에는 그 약속 사실이 없는 거예요. 그래서 내가 건망증인가 불안할 때도 있어요. 공연장 가는 날도 잊어버려서 티켓을 쓰레기통에 넣으면서 돈을 버리는 듯 씁쓸할 때도 있었죠. 건성으로 듣고, 경청하지 않아서 일어나는 웃지 못할 코미디 삶을 살고 있다니까요.

아이들 문제도 우리 둘이서 함께 상의했지만 남편과 내가 갖는 관심은 영 다를 때가 있습니다. 그리고는 서로 억측을 하고는 엇갈린 대처를 하는 경우도 있어요.

의지를 가지고 듣는 태도는 로맨스가 남아 있을 때의 현상이고, 인제는 딱딱해진 마음에 돈보스코 말이 와닿지 않고, 탁구공처럼 튕기는 것 같아요.

그래서 외눈박이 괴물처럼 한쪽으로 치우친 내 생각만 고집하게 되고, 괴력까지 발휘하려 든다니까요.

2018. 03. 04.

| 결혼생활의 만족도는 대화시간에 비례

결혼은 긴 대화이다. 때때로 다툼이 그 위에 재미를 더한다.

– 닐 스티븐슨

**Q. 어떻게 하면 배우자와 대화시간을 지금보다 좀 더 늘릴 수 있습니까?
이에 대한 나의 느낌은?**

A. 괴테가 감사할 줄 모르는 사람은 나쁜 사람, 감사할 줄 아는
사람은 삶의 형편이 나쁜 사람이라고 했다네요. 언뜻 좀 이상하
게 들리는 것 같습니다.

"사람 사는 꼬락서니 하도 불쌍해서, 악마인 나도 괴롭히고
싶지가 않다니까,"라고 마귀가 비아냥을 한다는 대사를 읽고서
창피했고 반성을 하게 되더라고요.

돈보스코와 저는 행복하게 살고 싶습니다. 분업화된 공장 직
공처럼 무감각하고 무디게 살고 싶지 않습니다. 냉기가 도는,
따뜻한 격려의 의지력을 잃은 폐허가 된 삶을 살려고 혼인성사
를 하지 않았죠.

하고 싶은 것만 하면, 먹고 싶은 것만 먹으면 건강에 적신호
가 오듯이, '해야 되는 일'을 해 보려고 하루를 구분해 봅니다.

돈보스코는 요즘 모시던 분의 전기를 일정 부분 맡아서 정리해 쓰고 있습니다. 시간이 가는 줄도 모르고 몰두를 하고 있습니다. 점심때인지 저녁때인지도 모를 정도로 전력을 쏟고 있습니다. 저는 그 와중에도 솔깃할 수 있는 기삿거리, 알면 좋을 것들에 대해 모이를 놓고 기다리고 있다가, 그것을 뿌리면 남편도 저와 함께해 줍니다.

짜증스럽게, 아니면 채권자처럼 굴지 않고, 궁금해하는 것을 보고 싶어서 커튼을 열듯이 노력했죠. 돈보스코는 그때 당신 덕분에 잠깐 쉬어 좋은 글을 읽기를 잘했다며, 이렇게 우리는 부드러운 분위기를 만들어 봅니다.

남편과 저는 서로 감사할 줄 아는 사람으로 남으려 애쓰죠. 악마한테까지 불쌍하게 보이고 싶지 않아서 열심히 살려고 합니다.

인생을 게임처럼 즐기려 합니다.

게임에도 이룰 목적이 있고, 적이 있듯이, 제 삶에 바윗덩어리가 있어도 게임처럼 즐기려 합니다.

2018. 02. 19.

부부의 사계절

| 당신은 내 말을 전혀 듣지 않네요

최고의 대화방법은 마음으로 듣는 것이다.

– 스테판 폴란

Q. 내 말이 배우자에게 잘 전달되지 않고 있다는 느낌을 받을 때는 언제이며 이때 나의 느낌은?

A. 제가 변화시킬 수 없는 것은 받아들이는 평온함을 주시고 변화시킬 수 있는 것이면 변화시킬 수 있는 용기를 주소서. 무엇보다도 변화시킬 수 있는 것과 변화시킬 수 없는 것을 분별하는 지혜를 주십시오.

손자병법의 삼십육계가 최고의 수라고, 도망가는 게 최고라고, 여자 이기는 남자 없다고 하네요. 돈보스코는 자기가 가지고 있는 계획이 있습니다. 내가 하는 말은 건성으로 듣는 거죠.

한참 후에 보면 내 생각과는 영 다른 결론, 금시초문인 결과를 보게 됩니다.

후추의 강렬함이 점막을 자극하는 것처럼, 마음이 아려 옵니다. 물고기 보고 걷는 걸 가르치는 게 더 쉬울 뻔한 거죠. 제가 말할 때는 귀, 마음은 줄행랑을 쳤다는 증거죠. 제가 변화시킬 수 있는 것과, 없는 것을 구별할 수 있는 지혜가 부족한 거죠.

그리고 내 생각은 아무래도 나를 기준으로 해서 나온 것이지 돈보스코가 이해하기에는 턱없는 것일 수도 있겠지요.

우리 부부는 적어도 삼키기 어려운 쓴 약을 입에 갖다 대고 삼키지 않는다고 닦달하지는 않는 수준이죠.

2018. 03. 28.

| 우리 얘기 좀 해

> 여자는 아무리 연구해도 늘 새로운 존재이다.
>
> – 톨스토이

Q. 내가 어떤 말을 할 때 나의 의도와 다르게 배우자가 민감한 반응을 하게 됩니까? 이때 나는 어떤 느낌이 듭니까?

A. 용왕 앞에서도 게는 똑바로 못 걷고 옆으로 걷잖아요. 그래도 게 껍질이 뼈이라서 최고급이지요. 그래서 과거 급제하라고 게 그림을 선물한다던데요.

부부도 나름 자기 빛깔이 있지요.

요즘 너무 추운 날씨가 계속되니, 몸을 움츠리고만 살게 되어 좀 답답했습니다. 그래서 궁여지책으로 저녁밥을 먹고 소화도 시킬 겸 걷기로 했습니다. 이미 시간이 일곱 시가 넘어가고 있었는데 좀 걷다가 목욕을 가려면 서둘러야 했습니다.

돈보스코는 걷자 해 놓고는 신문을 열심히 읽고 있는 거예요.

제가 스탠드 불은 두고, 큰 불은 껐습니다.

돈보스코가 남편이 신문을 보는데 물어보지도 않고 기분 나쁘게 본 데 없는 짓을 한 것처럼 저에게 버럭 화를 냈습니다.

상황을 맞춰 보면 오히려 시간을 끈 남편이 문제가 있는 것 같은데 경멸과 냉담한 불협화음이 터지니, 제 입속이 사막처럼 말라붙고 혀가 일순간 굳어졌습니다.

갑자기 강풍이 불어오듯이 감싸 주기는커녕 꽝꽝 얼어붙게 하니 당황할 수밖에 없지요.

저한테도 무례한 짓을 한 잘못은 있지만, 평소 때도 서두를 때는 장난 반 진담 반으로 그렇게 불을 끄는 경우가 있었거든요. 그런데 갑자기 화락 덮어쓰니 순간 가슴이 터질 듯이 부풀더라고요.

마음에 안 들더라도 제 빛깔도 알아줬으면 싶어요.

용왕 앞에서도 게는 옆으로 걷잖아요.

그래도 쓸모 있는 甲을 지고 있잖아요.

2018. 02. 08.

| 대화는 공통의 세계를 만드는 열쇠

행복한 결혼이란 약혼해서부터 죽을 때까지
결코 지루하지 않은 긴 대화 같은 것이다.

– 앙드레 모르와

Q. 나는 우리 부부의 공통점을 만드는 데 어떤 노력을 하고 있습니까? 이
에 대한 나의 느낌은?

A. 퇴근한 돈보스코는 혼자 있기를 좋아합니다.

저는 하루 종일 빈 칸이었다가 채워지니까 궁금한 것 등등이
있는데도 등 돌리고 있는 남편 때문에 자존심까지 상할 때가 있
습니다.

남편은 집안일은 나의 숙명인 것처럼 곁눈질로도 참여를 하
지 않습니다.

등산을 할 때는 제가 더 빠르지요.

옷의 색깔을 선택할 때도 의견이 다릅니다. 내가 선택하는
색이 좋은 것 같은데 돈보스코가 도우미의 말을 빌려 다수결로
누를 때 저는 답답합니다. 제가 가지고 있는 취미, 생각, 가치관
등을 무조건 포기하기 어렵습니다.

생각해 보면 남편의 취미 하나를 더 보태어 풍요롭게 나의 취미+남편의 취미를 함께 공유하며 삶을 살 생각을 하지 않고 외골수로 내 것을 세워 보려고 할 때 힘듭니다.

참새도 죽을 때 '쩩' 소리를 한다는데, 개성파 돈보스코는 결코 포기하는 쪽을 선택하지 않을 것 같습니다.

우리 부부의 생활을 풍요롭게 하도록 나도 좋고 남편도 좋은 보태기 삶을 살려고 노~오력하려 합니다.

하나를 더 갖는 기분, 결코 나쁜 일이 아니거든요.

돈보스코가 혼자 시간을 가질 때 저도 읽을거리를 챙기거나 ME 나눔 편지를 쓰거나 아이들과 카톡도 합니다.

등만 보고 한숨 쉴 때와 영 다릅니다.

내 것도 남편에게 보여 주고 남편의 일에도 관심을 가지니 낡아져 가던 끈에 살이 올라 든든한 부부탄생이 되는 기분입니다.

황혼 불화, 홧김 별거와는 다른 색채로 살 수 있을 것 같은 우월감? 좀 뭘 모르는 장담을 했나요?

A. (남편)

저는 사무실에 나오면 집안일은 까맣게 잊어버리고 사무실 일에 열중합니다. 그러다 보면 집에 가서는 나만의 시간을 갖고 책도 보고 생각도 하면서 여유를 갖고 싶은 거죠. 안 그러면 내 머리가 텅텅 비어 가는 깡통처럼 느껴질 때가 있거든요. 그런데 하루 종일 나를 기다렸다가 집안 대소사나 이런 저런 대화를 나누고 싶은 율리아나를 보면 함께해야겠다고 마음먹지만 내 속에 갈등이 일어나게 된답니다. 엉거주춤 답답한 내 모습에 짜증이 날 때도 많아요. 그러나 한편 함께 대화하려는 율리아나에게 귀를 열고 열중하려고 노력할 때 우리 사이는 봄날 같은 따뜻한 훈풍이 감돌고 마음이 가뿐해지는 행복감을 맛볼 수 있답니다. 사랑은 결심(결단)이라고 했지요. 나를 내려놓고 배우자와 함께하려는 결단은 충분한 보상을 받는다는 것을 깨달을 때가 많아요. 내가 율리아나와 대화하면서 엉뚱한 곳을 보며 이야기할 때 율리아나는 무시당한 것 같다고 말해요. 나도 그걸 고치려고 노력하지요. 그래서 식탁에서 자리 앉는 것을 마주 보며 이야기하면 되겠다 싶어 오늘 아침부터는 식탁자리 배치를 바꾸었답니다. 앞으로 좋은 대화 자세로 율리아나를 실망시키지 않겠다고 결심해 봅니다.

2017. 10. 16.

| 가정에서 대화

> 진실한 말에는 꾸밈이 없고, 꾸미는 말에는 진실이 없다.
>
> - 노자

Q. 나는 배우자가 나와 어떻게 대화해 주기를 기대하고 있습니까? 이때 나의 느낌은?

A. 차이가 있어서 서로 어우러진다고 하네요. 서로 다르기 때문에….

우리 몸이 유기체를 이루는 것도 위, 간, 오장육부가 달라서 싸우지 않고, 서로를 필요로 하기 때문이라고 해요.

부부는 다르기 때문에 서로의 빛깔을 미세하게 알아차려야, 마음이 굳어지는 '한'을 남기지 않는다고 해요.

저는 그런대로 분주합니다. 아이들 4명에서 파생된 사위, 며느리, 손주들 그리고 나의 건강 문제, 제반 가정경제 등등….

그러다 보면 제 힘에 부칠 때가 자주 있습니다.

돈보스코와 그런 문제를 상의하면, 다른 것을 뒤적이면서, 몸의 반은 뒤로 하고, 열불 나게 말하고 있는 제 말을 귓등으로 듣습니다.

어떤 때는 영 생각이 딴 곳에 가 있는 것같이 느껴집니다. 왼쪽 걸 이야기했는데, 오른쪽 걸로 건성으로 알아듣고 일을 더 그르칠 때는, 한숨이 나죠, 가슴이 조여 오죠.

그전 일인데요. 방 하나의 난방을 연탄식으로 할 것인지, 보일러식으로 바꿀 것인지를 일주일 동안 따라다니며 물었는데도, '응'만 하면서 결정을 해야 되는데 어떻게 할 것인지를 상의

해 주지 않더라고요.

남편은 출근하고 집을 고칠 인부들이 드디어 들이닥쳤습니다.

눈물이 나려고 하더라고요.

어떻게 그럴 수가 있나, 해도 너무한 것 같았습니다.

천하에 홀로인 것처럼 외롭고, 피로가 확 몰려오더라고요.

다르기 때문에 서로 알아차리려고 노력을 해야, 의식을 가지고 있어야, 호미로 막을 것을 가래로 막는 일이 안 벌어질 것 같아요.

부부는 한 몸이고, 유기체라고 하잖아요.

유기체가 엇박자를 놓으면, '고통', '병'이 날 것 같아요.

ME 부부는 소 잃고 외양간 고치는 우를 범하지 않아야 할 것 같아요.

2018. 01. 16.

| 감정의 전달

> 외적인 영향에 좌우되고 싶지 않다면
> 먼저 자기 자신의 격렬한 감정부터 초월해야 한다.
>
> – 사무엘 존슨

Q. 배우자에게 분노 같은 부정적인 감정이 느껴질 때 나는 어떻게 행동하게 됩니까?

A. 나는 먼저 숨이 탁 막힙니다. 동물의 지능수준으로 판단이 내려갑니다. 달려들어 보거나 보복하려거나, 남편 제일 닮은 아이가 분풀이 대상이 되거나. 제2차 세계대전 끝은 황량하기만 합니다. 후회막급하죠. 둘 사이가 바다만큼 멀고 냉기가 흐르죠.

생각해 보면 그 사람이 화나게 한 것이 아니라 내가 내 속에서 화가 난 것입니다.

그 사람의 말에 휘발유를 부어서 부풀게 한 것은 내 속의 문제이지 그 사람의 저의와는 다른 경우가 있는 것 같아요.

돈보스코 초등학교 동창 중에 문제의 여자 동창생이 있습니다. 나는 돈보스코를 위해서 다른 남자 동창생과 멀리하느라고 생하는데 아 돈보스코는 내 옆에서 다정하게 동창생을 대해 주니 풍선에 김이 빠지듯 맥을 못 추고 주저앉아지더라고요.

돈보스코는 그 동창생이 측은해 보였고 말을 걸어 오는데 나 몰라라 할 수 없어서 대해 준 것이라고 하더라고요.

냉정하게 따져 보면 그게 다지요.

그런데 내 속에서는 그때 왜 그렇게 불꽃이 일었는지?

정확한 사실을 놓고 보는 습관이 없고 내가 내 속에서 해석해서 불을 붙인 것 같아요.

지금도 내가 상상했던 위험한 상황은 안 벌어졌거든요.

내 상상과 내가 싸움질하면서 코미디 삶을 살고 있는 것 같아요.

인제부터는 사실을 가지고 보기로 결심합니다.

나는 하느님이 눈동자처럼 아껴 주시는 걸작품이 아닌가요. 걸레처럼 살면 안 되겠지요.

2017. 08. 15.

| 감정의 표현과 해소는 별개

사랑한다는 것은 자기를 넘어서는 것이다.

– 오스카 와일드

Q. 배우자에게 화가 났을 때, 나는 화난 감정을 어떻게 표현하고 있습니까?

A. 결혼은 3가지 '지', 약혼반'지' 결혼반'지' 이게 뭔'지'라고도 하듯이, 정말 이게 뭔지 혼돈스럽고 엉클어진 실타래처럼 어디서부터 시작해야 할지 막막해 주저앉고 싶을 때가 있습니다.

너무 적나라하게 서로를 알게 된 우리부부-

오늘 아침은 두 아들이 와서 함께 식사하게 되었습니다.

어제는 ME 모임도 못 갈 정도로 저녁 늦게까지 일이 있어서 피곤했습니다.

인제는 그전처럼 손이 빠르지 못하고 한심할 정도로 굼뜨고 마음은 조급해지는데 돈보스코가 좀 도와주었으면 싶은 것도 많은데 인기척이 없습니다.

쫓아가 보니 아직도 잠옷 바람이더라고요.

다시 쫓아와서 음식 덥히고 굽고 찌고-

은근히 속에서 용암이 끓듯이 화기가 올라오더라고요.

두 아들 다 중요한 일들에 관한 아버지 의견을 듣고 싶어 아침에 오고 있는 중인데 터지려는 제 마음을 밧줄로 묶었지요.

내가 가치 인정을 못 받아 상처를 입었는지 사랑결핍인지를 따지기 전에 이 상황을 예수님이 보고 계시다고 생각을 먹으려 노~오력 하면서 긴장감을 슬슬 풀었습니다.

마르타가 오죽하면 예수님께 마리아가 자기를 돕도록 일렀을까 그 심정 충분히 이해가 가더라고요.

화난 감정을 무의식 영역 안에 눌러두지 않고 나의 어떤 면 때문에 이런 감정이 일어났나를 살핍니다. 죽음의 무의식에 묻어 두는 것이 아니라 살아 있는 의식의 영역에서 녹여 내려고 애씁니다.

두 아들, 아이를 낳아서 20년 동안 남자로 키웠는데 어떤 여자가 나타나서 20분 만에 바보로 만들더라니 우리 아들들도 그 굴레 안을 못 벗어나는 것 같아요.

아이들은 그렇고-

결혼 생활은 같은 사람과 여러 번 결혼하는 것이라니 또 다시 사랑하기로 결심하면서 결혼을 감행하는 거죠.

돈보스코는 어제의 당신과 다른 오늘의 율리아나와 결혼한다네요.

2017. 06. 11.

| 배우자가 내 말을 잘 들어 주었을 때

> 대화는 두 사람 사이에 일어나는 과정이므로
> 어떤 결과가 나오든 함께 책임을 져야한다.
>
> – 마이클 니콜스

Q. 나는 배우자가 내 말을 잘 들어 주었을 때 어떤 느낌이 듭니까?

A. 안녕하세요? 저희 부부가 결혼 50주년 기념 성지 순례로 파티마 성모님을 뵙고 돌아왔습니다. 나라도 개방적으로 나가지

부부의 사계절

않고 쇄국정치를 할 때에 쇠망의 길을 걷게 된다고 합니다. 저도 돈보스코 말을 거부하고 듣지 않을 때, 외딴 섬에 가두어진 기분이었습니다.

세 사람이 모여도 배울 점이 있다는데 나름 섭섭함이 있어서 가장 가까운 남편 말을 귓등으로 들을 때는 의도적인 고립을 고집하게 됩니다. 이 경우 역시 깜깜한 장막 속에 갇힌 듯 답답하죠.

돈보스코가 열심히 내 말을 들어 줄 때는 풍선을 탄 듯이 온몸이 두둥실 가벼운 느낌입니다.

이번 여행 중에도 우리 둘은 삼각경기를 잘했습니다.

서로 눈치를 보고 말을 조심하면서, 거의 동일하게 기분이 좋았고 감격했습니다. 밀어 주고, 손잡아 주며 즐겁고 보람 있는 여행을 했습니다. 집에 돌아와서도 성모님 발현지에서의 감격을 간직하는 기쁨의 연속이었습니다. 우리 부부를 더욱 단단하게 신앙의 삶으로 이끌어 주는 기회였습니다. 여행 동안 서로 딴 길을 걸었다면 지금의 느낌을 갖기는 어려웠을 것 같습니다.

쇠락의 길이 아닌 벅찬 기쁨의 시간이었습니다.

2018. 03. 19.

| 부부 성경대화

너에게 부족한 것이 하나 있다. 가서 가진 것을 팔아 가난한 이에게
나누어 주어라 그리고 나서 나를 따르라.

– (마르코 10.21)

Q. 오늘 복음말씀대로 내가 집착하고 있는 세상 것을 버리고 주님을 따르
는 데 내 안의 장애는 무엇입니까? 이때 나의 느낌은?

A. 주님, 세상적인 것에 대한 집착을 버리고 오직 하느님의 나
라만 찾아 구원에 이르게 하소서 아멘.

돈은 생존에 필요한 단계까지는 수입이 늘면 행복감도 함
께 커집니다. 먹고살 만하면 행복과 연관성이 크지 않습니다.
Helper's high, 다른 사람을 도울 때 느끼는 만족감은 행복을 넘
어 심장까지 튼튼하게 지켜 줍니다. 타인에 대한 배려가 나를
위한 보약인 셈입니다. '보약'은 상대방도 나와 같은 소중한 인
간이라는 마음이 있어야 '구매'가 가능하다고 합니다.

내 안의 장애물은 습관, 버릇인 것 같습니다.

도우미 아주머니와 나눌 수 있는 것을 머뭇거리다가, 가고
있는 아주머니 다시 불러서 줍니다. 내 시장 주머니에 들어있는

것이 저 아저씨에게 더 필요할 것 같다고 느끼지만 선뜻 손이 안 나가고 지나쳐 가다가 돌아서서 아저씨를 불러서 줍니다.

도우미 아주머니도, 길에서 만난 아저씨도 저에게 세상에서 보기 쉽지 않은 고마운 표정을 지어 줄 때 제 마음에는 큰 만족감의 파도가 밀려옵니다. 순간 보약을 먹은 기분입니다.

아이들에게도 손주들에게도 돈보스코는 힘들이지 않고 말씀으로 신용카드를 남발합니다. 저는 청소부처럼 돈보스코의 약속을 뒷감당하기에 힘겹습니다.

저희가 신혼 때 화곡동에 살았습니다. 천막 성당에서부터 시작했던 그곳은 사회 초년병들이 둥지를 트는 곳이라서 신부님께서 모금하기가 쉽지 않으셨을 것 같습니다.

돈보스코는 앞뒤 생각하지 않고 큰 금액의 성당 건립기금을 내기로 약속했고, 저는 가정경제가 부도나지 않게 애를 써야 했었습니다.

지금 생각해 보면 그래도 여전히 살 수 있는데 세상걱정에 눌려 있었던 건 아닌지-

저도 '보약'을 '구매'하고 싶습니다.

건강하게 살고 싶거든요.

2018. 05. 28.

| 부부 소통의 비결

> 가정은 누구나 있는 그대로의 자기를 표현할 수 있는 유일한 장소이다.
>
> — A. 모루아

Q. 우리 부부 사이에 소통을 잘하기 위해 내가 좀 더 노력해야 할 점은 무엇이 있습니까? 이에 대한 나의 느낌은?

A. 부부가 더 센 화력으로 거듭날 수 있는 원동력 중 하나는 소통으로 이루어진 부부의 친밀감입니다.

서로를 존중하고, 신뢰하고, 지켜줄 때 비로소 진정한 친밀감이 완성됩니다.

제각각 흩어지면 한 방울의 물에 지나지 않지만 소통으로 친밀해지면 대양을 이루듯이 부부의 힘, 커플파워couple power는 원자 폭탄만큼 위력을 발휘할 수 있다고 하더라고요.

우리 부부는 자기 의견을 말할 때(물론 상반된 의견), 다 들어 보기보다는 그렇게 생각하고 있지 않은 나의 의견을 말하려고, 샤워기의 물을 쏟아붓듯이 자기 의견을 관철시키려고만 합니다. 오롯이 거침없는 맘으로 말을 쏟아 내는 식이죠. 혼선이 돼서 서로 무슨 말을 하는지 못 듣는 거죠. 분단된 것처럼, 단절을, 절벽

부부의 사계절

감을, 씁쓸함을 느끼며 돌아설 때는 외톨이가 된 기분이죠. 산산 조각이 난 유리에 찔린 듯 아픕니다.

그래도 조금 상처를 받았다고 해서 포기해선 안 되죠. 우린 오래 익은 묵은 장맛 같은 뒷심이 있거든요. 떫은 감을 씹은 것처럼 떨떠름하지만, 그래도 먼 산 보듯이, 다시 서로 삐딱하게 앉았다가도 되짚어 봅니다.

인제는 신중하게 골키퍼 자리를 지키듯이 돈보스코 말을 들어 보니 이해 가는 것도 있고, 또 내 의견도 첨부하니 하나의 완성품이 되더라고요.

서로가 못 미더워서, 제자리 지켜야 할 골키퍼가 날뛰어 사단을 낸 것같이 낭패를 했었나 봐요.

조금 참고 견디고, 믿고, 서로 존중해 주면 미사일도, 원자폭탄도 제조할 수 있는 부부의 힘이 물방울처럼 부서질 뻔했죠.

불행은 할부로 오지 않고 일시불로 오기 때문에 —

잘 이겨 내기 위해서 몸을 맞대 서로 불을 사를 때 군불의 화력이 세진다잖아요.

미사일을, 원자폭탄의 힘을 커플 파워로 발휘해 볼 용기를 내 보려 합니다.

너무 어림없는 야무진 꿈인가요?

2018. 01. 22.

| 진정한 소통

Q. 내가 배우자와 대화를 할 때, 함께 나누기 어려운 느낌은 무엇입니까? 이때 나의 느낌은?

A. 달걀 껍데기를 깨트려야 속살을 맛볼 수 있듯이, 사랑이란 결국 각자의 껍질을 깨트리며 알아 가는 것이라고 합니다. 껍질을 깨지 못했다면 그건 이미 사랑이 아니라고 하던데요.

제가 감기 증상으로 병원에 갔다가, 폐에 암이 생겼다고 수술해야 할 것 같다는 청천벽력 같은 소리를 듣게 됐습니다.

점심에 부부동반 식사가 있었고, 그 자리에 갈 때까지 말을 참고 있다가, 편안한 시간에 말을 했습니다. 돈보스코가 좀 무겁게 느끼지 않게 하기 위해서 그분들과 함께 있을 때 말을 꺼냈습니다. 그 사모님도 암 투병 중이라서 위로하는 모임이었거든요. 분위기는 무거웠지만 진심으로 서로를 위로하고 있었죠.

돈보스코가 약속이 있다면서 먼저 일어났습니다. 남이 더 언짢아하는 것 같았어요.

저도 대못에 찔린 것처럼 마음이 편치 않았지만, 남편은 먼저 떠났습니다.

외딴 섬에 버려진 고아같이 막막했습니다.

감정을 잘 감추었지만, 없어진 것은 아닌 것 같아요.

어딘가에 쌓여 있는 것처럼 무거운 기분이었습니다.

나의 감정을 온전히 알리기에는 아직은 훈련이 안 된 것 같아요. 또 남편도 못지않은 중요한 일이 있을 수도 있고-

ME편지를 썼습니다.

내 서운했던 느낌을 돈보스코가 읽고, 이유 없이 회개하는 것 같았어요.

냄비 뚜껑이 엄지발가락에 떨어졌는데 피가 비치니까 전과 다르게 쏜살같이 연고를 바르고 밴드를 붙여 주었습니다. 좀 엉뚱한 곳에 붙이기는 했지만-

시내와 연못은 더러운 것을 받아들인다고 하더라고요.

저희 부부도 내 마음을 알아차린 남편이 쑥스러워하면서 내 눈치를 살피는 것 같았어요.

나를 감싸 주는 사랑을 보여주었지요.

알면 사랑할 수 있는 것 같아요.

나를 알리는, 달걀 껍질을 깨고 나오는 것은 내 영역이 아닐까요?

2018. 07. 12.

| 의사소통의 책임

Q. 배우자가 내가 말한 의미와 다르게 해석하고 반응할 때, 나는 어떤 느낌이 듭니까?

A. 어느 분의 글이 마음에 와닿아서 소개하고 싶어요.

'물론 실수도 했고 회한도 있다.

하지만 좋았든 나빴든 내 인생의 단 하루도 다른 누군가의 최고의 날과 맞바꾸지 않겠다.

모두가 소중한 경험이었다.

저도 이렇게 회상하며, 살 수 있을까요?

하루하루 소중한 삶을 살고 간 거인이 우러러보입니다.

요즘 스탠딩 데스크가 건강에 여러 가지로 좋다는 말이 있어서 돈보스코가 회사에서 써 보고 재미있다고 자랑을 하더니, 제 것도 집으로 배달을 해, 도착했습니다. 저는 주로 식탁에서 읽을거리를 보는데, 올려놓았다 내려놓았다 하면서 쓰면 될 거라

부부의 사계절

고 하더군요.

좀 무거워 보이지만 간단하게 이야기를 들었기 때문에 제가 설치해 보려고 애를 썼습니다.

그러다가 근육통이 온 겁니다.

돈보스코는 회사의 직원들이 다 설치해 놓은 다음 사용한 후기를 말한 건데 저는 설치부터 매달려 해 보려다가 낭패를 본 거죠.

인제는 말이 서로 어긋나도, 들고 오다 부스러진 케이크를 말없이 먹듯이 흘낏 쳐다보고는 못마땅해도 넘어갑니다.

경상도 사람하고 살고 있지만 함께 산 지가 50년이 넘어가는데도 말의 의미를 미처 못 깨닫고 실수를 해 당황스러울 때가 불쑥불쑥 나타난다니까요.

숨어 있던 오랑캐의 출몰처럼-

그래도 진이랑 토닉을 섞으면 진토닉이 되듯이! 정작 진토닉이 인기가 더 높지 않나요?

우리 부부 어우러져 그렇게 더 좋게 살아 보려구요.

내 하루도 어느 누군가의 최고의 날과 맞바꾸고 싶지 않을 만큼, 보람되게 살아 볼 꿈을 꾸어 봅니다.

2018. 08. 30.

| 공감과 인정

살아온 방식이 다르듯 이해하는 방식도 서로 다르다.
다만 이해할 수 없다면 인정하라.

− 미상

Q. 배우자가 내 말에 공감해 주었을 때, 나는 어떤 느낌이 듭니까? 배우자가 내 말에 공감해 주지 않았을 때, 나는 어떤 느낌이 듭니까?

A. 공감은 남의 눈과 귀와 가슴으로 보고 듣고 느끼는 것이라고 합니다.

돈보스코가 내 말을 귓등으로 듣는 듯해도, 나는 내가 하고 싶은 이야기가 있으면 열심히 말을 합니다. 그러다가 소귀에 경 읽기처럼 제대로 말이 전해지지 않는 듯 허망함을 느끼게 되면, 분기탱천해서 벌떡증이 생깁니다. 그러면 구두 밑창에 붙은 껌처럼 쉽게 떨어지지 않고 따지게 됩니다. 드디어 서로가 마음이 지치게 되면 에너지가 고갈되어 까칠한 말이 튀어나오죠.

반면 돈보스코가 내가 하는 하찮은 말이라도 들어 줄 때 나는 기쁩니다. 내가 마치 연극의 주인공이라도 된 듯이 으쓱해져요.

길가에 나와 앉아 한껏 뽐내고 피어 있는 꽃처럼 기분이 좋습니다.

내 말에 돈보스코가 공감해 줄 때, '내 안에 너 있다'라는 신파조 관심을 받는 것처럼 흥분되죠.

두툼한 보너스봉투를 받았을 때처럼 몸도 마음도 나는 듯 상쾌합니다.

저는 기대치를 낮추기로 마음먹었습니다. 소박한 마음이 주는 긍정성과 공감성이 지옥과 천당을 가를 수도 있기 때문입니다.

저는 성악설이 아니라 '성약설' 쪽인 것 같아서 마음 약함을 추스르기 위해서 기대치를 연속방송드라마의 수준이 아닌 낮은 삶, 마음을 비우는 삶 정도로 낮췄습니다. 남편과 함께하고 싶은 삶을 위해서 마음을 비웠습니다.

인생은 선택이라고 하잖아요.

2019. 04. 27

배려하고 칭찬하라

| 새로운 공동의 관심사

> 무관심 때문에 사람은 실제로 죽기 전에 죽어 버린다.
>
> – 위젤

Q. 우리 부부가 함께할 수 있는 새로운 관심사에는 어떤 것들이 있습니까? 이에 대한 나의 느낌은?

A. 긴 인생과 훌륭한 저녁식사와의 유일한 차이는, 저녁식사에는 달콤한 것이 맨 마지막에 나온다는 점입니다.

삶의 마지막 순간은 항상 쓰디쓴 이별로 찾아오기 때문에 큰 슬픔에 젖습니다. 그러나 긴 삶의 노정에 수많은 달콤한 기억들이 자리한다는 것은 큰 위로가 됩니다.

신부님께서 시와 산문, 헌 포대와 새 포대에서 마음 내키시는 대로 꺼내서 펼쳐 주시는 말씀을 듣고 있자면 푸른 풀밭에 누운 것처럼 행복합니다.

돈보스코와 함께하는 청아한 날에 달터공원을 거쳐 가는 구룡산 둘레길 등반도 신납니다. 어느 사이 봄이 와서 하늘을 가리는 숲속을 걸을 때는 궁전을 거니는 것처럼 좋아요.

저를 환영해 주는 온갖 꽃들, 뿜어내는 향기, 내가 좋아하는 조말린 향보다 몇 천 배 기분 좋은 향기가 매혹적으로 저를 매놓으려 하는 것 같습니다. 동백꽃, 목련이 뚝뚝 떨어지는 것이 안타까웠는데, 연산홍, 철쭉도 생이별을 하듯이 싱싱한 채로 밀려나 떠나지 못하고 꽃잎이 곁에 머물고 있더라고요. 자연의 신비이고 황홀하기도 하지만 안타깝게 후다닥 자취를 감추는 것들이 아쉬움을 남기더라고요.

저와 돈보스코는 달콤한 것이 맨 나중에 나오는 저녁식사 과정을 사는 게 아니라서, 부지런히 달콤한 삶을, 추억들을 만들렵니다. 달콤하지 않은 시간들, 즐겁지 않은 시간들이 내 삶을 차지하게 두지 않으려고요.

2018. 05. 12.

| 격려는 힘과 용기를 주는 도화선

누구나 살아가다 보면 최고의 순간을 맞이한다.
그 순간은 바로 누군가에게 격려를 받을 때이다.

― 조지 매튜 애덤스

Q. 배우자가 내게 큰 힘과 용기를 준 격려의 말은 무엇이었습니까?

A. 양파도 좋아하며 물을 준 것과 싫어하며 물을 주는 경우 다르게 자란다고 하던데요.

제가 폐암으로 아팠을 때 위로의 말도 귀 밖으로 들리고 나만의 우물 속으로 침잠해 들어가 버리게 되더라고요.

배우자이니까 함께 병원에도 가 주고 괜찮으냐고 수시로 말했지만 건성으로 들렸습니다.

하루는 의사선생님께서 전과 좀 다른 말씀을 했을 때였습니다.

남편이 의사선생님께서 처음 말씀하실 때 메모해 주신 것을 수호성인상과 함께 접어 와이셔츠 앞주머니에 넣어 놓고는 갈아입을 때마다 옮기고 만지면서 저를 위해 기도하느라 해진 메모지를 보이며 그때 상황을 말씀드린다는 겁니다. 선생님도 낡은 메모지를 보시고 놀랐다고 합니다. 제 마음은 병이 다 나아

버리고 나는 듯 가벼워졌습니다.

세상을 다 얻은 듯 힘이 불끈 솟는 기분이었습니다.

내가 이렇게 행복한데 무엇이 더 필요하랴.

이렇게 격려를 받는 가장 행복한 사람으로 살아가면서 병의 위험의 발톱에서 빠져나온 것 같습니다.

격려와 진정한 사랑은 분명 태산도 옮길 수 있는 게 아닌가 싶습니다.

지금도 그때의 여운으로 내 삶의 공간에서 힘을 내어 살고 있습니다.

2017. 03. 07.

| 둘시네아

Q. 나의 배우자를 대하는 태도에서 나는 돈키호테의 사랑을 얼마나 닮아 가고 있는가? 이에 대한 나의 결심은?

A. 우리가 매 순간 짐승으로 살 것인가, 인간 존재로 살 것인가 를 선택하는 것은 나 자신의 몫이라고 합니다.

주인의식으로 살 것이냐, 노예의식으로 살 것이냐.

우리의 힘은 의지를 가져 처해 있는 현 상황을 넘어서는 '자기 극복'을 할 수 있는 주인적 삶, 창조적 삶을 살 수 있게 한다는 것입니다. 우리는 자기 스스로를 분만해 내 예술 작품의 삶을 살 수 있는 힘과 의지의 존재들이라는 거죠.

있는 것은 아무것도 버릴 것이 없고, 없어도 되는 것은 하나도 없다고 합니다.

디오니소스적 긍정 마음가짐을 가져야겠습니다. 경쟁자가 훌륭하면, 비례해서 나도 올라가고, 강화되고, 고무되는, 네가 잘되면 나도 따라 잘되려고 노력하는 상승의지가 강화된다고 합니다.

돈보스코는 낙천적인 사람입니다. 분수를 아는 겸손한 면도 있습니다.

그러나 전경련 부회장 때였습니다. 새 정부의 경제 정책을 비판하는 돈보스코가 그들의 눈에는 가시 같은 존재였습니다. 어느 3류 신문에서 하지도 않은 '손병두 부회장 사임'이란 기사를 써놓고 언론 플레이를 하며 기정사실화하려고 조여 올 때, 두말없이 걸어 나왔지만 달리던 기차가 끼익 급정거하듯이 어이없어했습니다. 성당 미사 중에 힘들어해서 겨우 영성체만 하고 집으로 돌아왔죠. 진땀을 흘리며 한숨 자고 평온을 찾았지만 쾌청하지는 않았습니다.

남편 주위를 돌면서 주의를 기울였지요. 불편하지 않게 헛소리 같겠지만 위로를 했죠.

부부의 사계절

캄캄하고 난감한 마음을 이불로 덮어 버리고, 오로지 돈보스코에게만 집중했죠. 꿈을 조율하고 허들을 낮추고는 오로지 남편 쪽으로 생각을 모으고 보살폈습니다.

제 마음도 천 길 낭떠러지에 매달려 있는 듯 불안했습니다.

그러나 돈보스코를 우선으로 했죠. 마치 돈키호테의 사랑이 알돈자를 둘시네아로 변화시켰듯이 최선의 노력을 다했지요.

저는 돈보스코가 회사에 있을 때 신임을 받았던 것을 압니다.

당신이 먼젓번 회사에서 어려움을 당했을 때도, 꿈에도 가고 싶었던 유학을 갈 수 있는 기회가 마련되지 않았느냐며, 이번에도 무엇이든 마련되어 있지 않겠느냐며 위로했습니다.

솜사탕이 녹아내리듯, 별 의미를 남편에게 주지는 못했지만 최선을 다해 위로해 보려고 애썼습니다.

이때 롤러코스터를 타듯, 또다시 덮친 굴곡에 짓눌려 부서져 버렸다면, 지금의 삶이 더 어려웠을 텐데, 하늘이 무너져도 솟아날 구멍이 있다고, 둘이 서로 위로하며 쳐내려오는 날벼락을 용케 피한 것 같습니다.

정말 있는 것은 아무 것도 버릴 것이 없고, 없어도 되는 것은 하나도 없는 것 같습니다.

그때 그만두고 잘 견디었기에 서강대학교 총장도, 국무총리 후보도 되어 본 것 아닐까요?

2018. 02. 04.

| 배우자를 있는 그대로 받아들이기

사람은 누구나 행복하기를 간절히 바라는데, 그러기 위해서는
온갖 노력을 기울여야 한다. 행복이 찾아오기만 기다려
문만 열어둔 채 방관만 하고 있다면 들어오는 것은 슬픔뿐이다.

– 알랑

Q. 내가 배우자를 있는 그대로 받아들이지 못하는 이유는 무엇 때문입니까? 이에 대한 나의 느낌은?

A. '와인처럼 사랑도 시간이 필요하더라. 시간이 흐른다고 상하는 건 아니었어.'라는 말이 있더라고요.

신부님 강론 중에 내 마음속에 들어온 것이 있습니다.

딱딱한 나무껍질을 뚫고 나와, 아무리 거센 바람이 불어도 견디어 내고, 제 모양을 갖출 때까지 모진 풍상을 마주하며 버티는 어린 나뭇잎, 그리고 제 할 일을 다하고는 파란 하늘의 가녀린 미풍에도 낙엽으로 떨어져 날리는 잎새에 대한 말씀이 귀에 쟁쟁 돕니다.

내가 돈보스코의 부족을 들춰내기 전에 나의 꼴은 갖추어진 것인지? 혹시 내 열등감을 덧씌워 불화를 일으키는 것은 아닌지?

나무 잎새도 꼴을 갖추기 위해서 모진 풍파를 이겨 내는데 나는 탓만 하는 못난이가 아닌지.

돈보스코 그 사람도 가지에 매달려 태풍에 시달리며 꼴을 이루려고 정신없는 것을 헤아리지 못하고 나 중심으로 속앓이하는 것은 아닌지.

어떤 때는 물을 퍼부어도 기름이 수면 위로 둥둥 떠도는 것처럼 며느리와 사위의 못마땅한 면이 보이더라고요. 그러나 생각해 보면 내가 신혼생활을 할 때보다는 현명한 것 같기도 하구요.

와인도 숙성되려면 시간이 필요하다는데 사랑하는 마음으로 정제되기 위해서는 더더욱 시간이 필요한 것은 아닌지?

시간이 흐른다고 상하는 건 아니라니 조급하지 않아도 사랑은 상하지 않겠지요.

2018. 05. 19.

| 변화는 배우자에게 바치는 마음의 선물

> 신뢰는 유리거울 같은 것이다. 한번 금이 가면 원래대로 하나가 될 수 없다.
>
> — 헨리 F. 아미엘

Q. 내가 배우자에게 소중한 존재라고 인정을 받았을 때는 언제였습니까? 그때의 느낌은?

A. 내가 배우자에게 소중한 존재라고 인정받았을 때는 내가 아이 4명을 연거푸 낳을 때였습니다. 그 때는 잘 열어보지 않던 서랍 속에서 귀중한 물건을 발견한 듯 관심을 보이더라고요.

그 후에는 기억에 나는 정도의 나의 존재감을 남편이 의식하지 않는 평범한 삶이었던 것 같습니다.

참! 내 여권의 미국비자가 만료되어 함께 출국을 못 하게 되었을 때 남편이 한쪽 발로 걸을 수 없는 듯한 안타까움으로 어떻게든 나를 데려가 보려고 애썼습니다. 그때 나의 중요한 자리를 인정받아 보았다 할까요.

아마 내가 소중한 존재로 자꾸 부상된다는 것은 오히려 집을 복잡하게 만들지 않았을까, 그저 평범이 비범이라고 안방의 장롱처럼 있는 거죠.

새 옷이 퇴색되어 청소걸레쯤으로 있는 것 같은 허허로움이 있지만 그래도 존재감을 놓치지 않으려고 애쓰고 노력하며 살고 있습니다.

2017. 03. 01.

부부의 사계절

| 배우자가 잘하는 일에 민감해야

행복의 대부분은 우리가 처한 환경이 아니라
우리가 보는 관점에 달려있다.

– 마사 워싱턴

**Q. 배우자의 잘하는 일보다 잘못하는 일이 내 눈에 더 잘 띄는 이유는 왜
그렇다고 생각합니까? 이때 나의 느낌은?**

A. 남의 밥의 콩이 더 커 보인다고 하는 말이 있지 않나요?

실수에 민감한 노파심은 실수가 거듭되지 않도록 서로에게
퍼붓는 관심과 사랑의 매라고 할 수 있지 않을까요?

야당이 너무 약하면 여당이 역주행해도 막을 장사가 없는 것
아닐까요?

돈보스코는 약속 시간을 잘 안 지켜요.

미사 때도 제가 먼저 가서 자리를 잡아 놓고 자리 비었느냐
고 묻는 교우에게 철면피처럼 빈자리 아니라며 붙잡고 있는 민
망한 경우가 자주 있습니다. 모임에도 늦게 도착해서 시작부터
죄송하다고 머리 먼저 조아려야 하는 때는 기분이 아주 나쁩니
다. 억울하게 미세먼지 나쁨 단계 속에 앉아 있는 곤란한 기분

입니다. 치밀하고 세밀하게 준비하는 것이 습관처럼 되어 있는 남편을 지켜보고 있으면 꽉 막히는 듯 답답한 때도 있습니다.

그러나 제가 필요한 것을 빠뜨리고 와서 당황스럽게 '아 참 안 챙겨 왔네. 어떡하지.' 하면 백화점처럼 다 조달해 줄 때는 서둘렀던 제가 머쓱해지죠.

속과 겉이 한 짝이듯이, 모든 것에는 양면이 있지 않을까요.

그래서 양쪽이 다 필요한 것일지도 몰라요.

정, 반, 합, 그러면서 계단을 오르듯이―

정립과 해체를 거듭하면서 발전하는 것 같아요.

실수에만 머무는 것은 좋지 않은 버릇일 수도 있어요. 얼른 겉만 보지 말고 속을 뒤집어 보고 이해의 폭을 넓히는 '은사'를 간구하는 수밖에요.

그래야 사는 묘미가 있지 않을까요.

얼토당토않은 사람과 콩깍지 씌여 한 우리에 사는 것이 그리 녹록지 않은 것은 '당근'이지요.

사는 게 너무 쉬우면 권태에 빠질 수도 있다네요.

권태는 불치병이라는데 불치병에 안 걸리도록 항상 풀어야 할 숙제를 내주시는 분께 어떻게 해야 할까요?

2017. 11. 20.

| 다른 사람들 앞에서 배우자를 칭찬하자

남의 좋은 점을 발견할 줄 알아야 한다.
그리고 남을 칭찬할 줄도 알아야 한다.
그것은 남을 자기와 동등한 인격으로 생각한다는 의미를 갖는 것이다.

– 괴테

Q. 평소 다른 사람들 앞에서 배우자에 대한 칭찬을 잘 하지 못하고 있다면 그 이유는 무엇 때문입니까?

A. 살아 보니 선한 사람을 선물받은 듯이 흐뭇합니다.

제가 폐암수술을 했을 때처럼 병든 때나, 실수한 것을 알면서도 은근히 눈감아 줄 때, 괴로울 때나 부모님들께서 줄초상이 나듯 돌아가시던 때처럼, 슬플 때나 총리 일순위로 부름을 받아 사회적으로 기쁠 때도, 언제나 저를 우선으로 해 주었던 남편, 돈보스코와 같은 착한 사람과 짝을 이룬 것을 큰 행운으로 알고 살고 있습니다. 남모르는 칭찬거리도 많습니다.

하지만 배우자 칭찬은 삼불출 중에 하나라고들 하기 때문에 헐뜯기는 쉬워도 칭찬은 좀 부끄러웠습니다.

그러나 칭찬처럼 샘솟는 기쁨을 주는 명약도 드문 것 같아요.

당연할 정도로 하느님의 작품들이기에 칭찬거리도 풍부할 텐데요.

인제는 좀 어색해도 칭찬을 해 보려 합니다.

정말 좋은 사람과 살고 있거든요.

손녀 왈 할머니는 찜을 잘했다고 하더라고요.

우연과 필연이 잘 조화되어 살고 있는 것에 하느님께 감사드립니다.

2017. 09. 27.

| 배우자를 인정하기

> 이기주의란 내가 원하는 대로 사는 것이 아니라,
> 타인에게 내가 원하는 방식을 살라고 요구하는 것이다.
>
> – 오스카 와일드

Q. 내가 배우자에게 무시당하고 거부당했다고 느낄 때는 언제입니까? 이 때 나의 느낌은?

A. 석기시대 사람이, 지금 우리처럼 승용차, 지하철, 비행기를

타고, 입고 있는 옷, 들고 다니는 빽을 갖는다면, 너무 너무 좋아서 춤도 추고, 천국에 있는 것처럼 감격해서 눈물을 흘릴 거예요. 그런데 이것을 누리고 있는 우리는 춤추고 행복에 겨운 만족감으로 살고 있는지요?

과학은 엄청 발전했지만 행복은 비례할 만큼 높아지지 못했고, 오히려 1억 원 있으면 2억 원 갖고 싶은 기대치 때문에 실망이 더 커지는 것 같습니다.

대학 총장들 부부 모임이 있습니다. 답사도 여행도 함께 다닙니다. 걸출한 여자 총장들도 있습니다. 당연히 저는 왜소해 보이지요. TV에 뽑아 세운 여주인공들의 월등한 미모를 나와 견주어야 하는 것처럼, 저는 주눅이 들죠.

돈보스코는, 저와는 의식구조가 다른 듯한 사람들과 바쁘게 움직였습니다. 자연히 나는 아랑곳도 하지 않고, 그들과 함께 보람 있고 의미 있는 역사적인 일을 척척 해내는 걸 지켜보면서, 성경에 나오는 격리되어 있는 나병환자가 제 마음이었을 것 같은 고독한 우울함에 빠졌습니다.

다람쥐가 땅콩 한 알을 행복하게 먹고는 또 더 먹고 싶듯이, 한 번 먹은 것이 계속 행복을 유지시켜 주거나 만족을 지속시키지는 못합니다. 사람도 거의 비슷하게 만족이 지속되지 않는 것은, 신체의 생화학적 시스템, 설계에 따른 것이라고 합니다.

생존과 번식을 위해서 '만족에 머물지 않게 설계'되어졌다는 거죠.

저는 돈보스코와 부부동반 모임에서 느낀 섭섭함과 열등감을 주체하기 힘들었습니다. 즐겁게 남편 따라 나갔다가 혹 떼러 갔다 혹 더 붙이고 온 듯이 마음이 무겁고 어두웠습니다.

외출 후 자극을 받아 넣 놓고 맹하게 살다가 더 열심히 살림을 살기 시작했죠.

양재천 뚝길도 걸어 건강도 다지고, 신문도 열심히 읽고, 신부님 강론 말씀도 써 가면서 열심히 듣는 좋은 습관이 붙게 됐습니다.

제가 느낀 우울함, 어두움으로 남편을 고슴도치처럼 찌른 것이 아니라 내 삶의 좋은 땔감, 장작 같은 땔감으로 삼아 우울했던 아픈 마음을 방향 전환시키니까 아픔 때문에 좋은 습관이 하나 생긴 것 같습니다.

신체의 생화학적 설계에 따라, 만족에 머물지 않게 설계되었다면, 저는 그 고통을 놀이로, 발전의 디딤돌로 만들어 보려구요.

2018. 02. 27.

| 배우자는 내 몸과 같다

우리는 오로지 사랑을 함으로써 사랑을 배울 수 있다.

– 아이리스 머독

Q. 나는 배우자를 내 몸처럼 사랑하기 위해 어떤 노력을 하고 있습니까? 이에 대한 나의 느낌은?

A. 가을에 나무가 낙엽을 버리듯이 자신의 본성과 목적을 위해서 불필요한 치장을 걷어 내고 비목적적인 행위를 삼가는 것이 소박한 삶이라고 하더라고요. 저는 꽃이 피면 내 마음도 덩달아 기분이 좋습니다. 그러다가 꽃이 만발하면 신기할 정도로 좋았던 마음이 그냥 꽃이 또 피었네 하는 정도로 허투루 보게 됩니다.

오랜만에 오늘 돈보스코의 자켓을 사러 갔습니다.

녹색계열의 옷을 입어도 좋았고 곤색 계통의 옷을 입어도 보기 좋았습니다.

새 옷을 입으니 남편이 매끈해졌습니다.

대모산에서 만났던 까치처럼 말쑥한 신사가 됐습니다.

나는 무엇이 그리 분주했는지 동반자 돈보스코에게 관심을 두지 못했습니다.

배가 나와서 옷이 안 맞는다고 투정을 부릴 때까지 무관심했습니다.

옷이 오래되어 후줄근해졌는데도, 나이가 옷을 입는지 크기가 맞지 않아도, 몰랐다니까요.

봄꽃보다 더 귀한 남편인데 항상 옆에 있다고 생각하고는 데면데면 본 것 같아요.

볼수록, 자세히 볼수록 더없이 소중한 돈보스코인데-

불필요한 치장을 걷어 내는 나무만도 못하게 비목적적인 것에 분주했던 것 같아요.

상대적 가치평가에서 생기는 불필요한 욕망에 사로잡혀 편견과 고정관념 속에 갇혀 산 것은 아닌지?

마음을 고요하고 청정하게 비워 부부로서의 하느님 계획을, 서로 사랑하라는 말씀을 되새겨 봅니다.

2018. 05. 02.

| 칭찬은 귀로 먹는 보약

좋은 칭찬 한마디면 두 달을 견뎌 낼 수 있다.

— 마크 트웨인

부부의 사계절

Q. 배우자의 진심이 담긴 칭찬을 받았을 때 나는 어떤 느낌이 듭니까?

A. 세상에서 가장 슬픈 말이 '그때 그걸 해 봤더라면'이라고 하던데요. 그때 그걸 해 봤더라면 지금 내가 어떻게 되어 있을까?

스티브 잡스의 의사선생님이 잡스가 췌장암이지만 전이된 것이 아니기 때문에 수술하면 선례가 좋으니 잘될 거라고 했지만, 자기 몸을 여는 것을 싫어한 스티브 잡스는 9개월이 지난 후 의사를 찾았고, 늦은 수술을 한 후 주변정리를 하는 게 좋겠다는 말을 듣게 됩니다. 순간을 붙잡지 못하고 후회하는 어이없이 슬픈 일이 벌어진 것 아닐까요.

열쇠구멍 너머로 새 나가는 연기처럼, 인생은 그렇게 걷잡을 수 없이 지나가는 것!

슬픈 후회를 가능한 한 피하기 위해서 '순간을 붙잡아야' 하는 것 같아요.

남편은 가끔 제가 싱거운 코미디 같은 말을 하는 것을 재미있어 합니다. 그때는 제 자리가 든든해진 것같이, 여유롭지요.

제가 아침을 열심히 준비합니다. 돈보스코가 자기의 건강은 제가 차려 준 밥상 덕분이라고 칭찬해 줍니다. 힘겨웠던 것이 순간 씻기어 나가는 듯 가벼워집니다.

제가 선택해 준 셔츠를 열심히, 어제도, 그저께도, 일주일 전에도 그것만 입으면서 집사람이 사 준 거라면서, 자랑하며 입어요.

제가 준비해 준 것에 남편이 만족해하는 것 같아서, 흐뭇합니다.

요즘 나이가 들어서인지 참을 수 없이 분노가 치밀 때가 있습니다.

부싯돌에 불이 일듯이, 호르몬 변화에서 오는 특별한 증상인 것 같아요. 얼른 정신을 안 차리면, 참았던 오줌을 쌀 것처럼, 실수할 것 같습니다.

순간을 붙잡아 실수하지 말아야지, 가장 슬픈 후회하지 않게.

돈보스코가 어렵게 애써서 칭찬해 주는 것을 잘 받아야지, 부인칭찬은 삼불출 중 하나라는 벽을 넘어서 표현하는 것인데!

그때 그걸 해 봤더라면 하는 후회를 덜 하도록, 나는 의미 있고 분별 있는 하루하루를 살고 싶습니다.

2017. 12. 03.

| 결혼기념일과 이벤트

> 결혼이란 단순히 만들어 놓은 행복의 요리를 먹는 것이 아니라
> 이제부터 노력해서 행복의 요리를 둘이서 만들어 먹는 것이다.
>
> – 피카이에로

부부의 사계절

Q. 기념일에 배우자를 위해 어떤 이벤트를 준비하고 싶습니까? 이때의 나의 느낌은?

A. '연탄재 함부로 차지 마라. 너는 누구에게 한 번이라도 뜨거운 사람이었느냐.'

안도현 시인의 시가 마음을 찌르는 것 같습니다.

오래전 일이지만 잊히지 않는 기념일이 있습니다.

저녁이 유난히 분주했던 날이었습니다. 밖에는 저녁 비가 주룩주룩 내렸습니다. 현관에서 뭔가 비집고 들어오는 것 같아 황급히 나갔더니, 돈보스코가 제법 큰 엉성한 벤자민 나무를 현관에 밀어 넣고 있었습니다.

벤자민이 공기를 정화시킨다는데 우리 집에도 하나 있었으면 하고 서로 이야기한 적이 있어요.

그런데 제 생일 선물로 벤자민 나무를 사 가지고 온 거예요.

볼품도 없는 데다 제가 아파트에서 사도 그 값보다는 싸게 살 수 있는데 값도 비싸게 사 온 거예요. 당장 갖다 주라고 하고는 부엌으로 들어갔습니다.

내 생일 선물을 공동으로 필요로 하는 걸로 사 온 걸 보고 속이 몹시 못마땅했기에 그렇게 말이 용기 있게 나가 버린 것 같아요.

저를 안방에 항상 있는 장롱처럼 여기며 살다가도 생일은 그

후로도 챙겨줍니다. 지금 생각하니 나는 깜냥껏 산다고 생각하고 남편을 못 챙겼는데, 벤자민 사건은 연탄재를 발로 차버린 것처럼 미안한 마음이 듭니다. 누구에게 한 번이라도 뜨거운 사람도 못 되면서 오히려 함부로 차버린 것 같아 민망합니다.

저도 한 번이라도 뜨거운 사람으로 살 수 있을까요.

2019. 02. 14.

| 좋게 느낀 감정은 말로 표현해야

진실한 말에는 꾸밈이 없고, 꾸미는 말에는 진실이 없다.

– 노자

Q. 나는 배우자에게 느낀 좋은 감정을 어떻게 표현하고 있습니까? 이때 나의 느낌은?

A. 말 한마디로 천 냥 빚을 갚는다는 속담을 들었습니다.

돈보스코가 '당신 부엌에서 정신없이 일하더니 어느새 차리고 나오니까 그럴 듯하네.' 하면서 흐뭇한 표정으로 나를 바라보아 줄 때, 새가 허공에 길을 내며 날아오르듯이 제 마음이 환해지는 행복을 느낍니다.

제가 그동안은 저평가된 우량주였나? 싶다니까요.

그러면서도 돈보스코한테 고맙다는 말은 못 하고 '여보 그만해요.' 하면서 오히려 면박을 주기 일쑤였습니다.

이때 화사한 벚꽃처럼 설레는 마음을 표현했더라면 얼마나 서로 기뻤을까 싶어요.

왜 좋은 느낌을 표현 못 하고 황급히 불을 끄듯이 끌어 엎어 버렸나, 흐르던 물길을 막아 버린 기분입니다.

알은 외부에서 깨면 프라이가 되지만 안에서 깨면 공작이 된 다고 하더라고요.

저도 제 안의 열등감을 스스로 청소해서 하느님께서 창조해 주신 '보시니 좋더라' 하심을 받아들여 하느님의 걸작품으로서 의 지위를 저버리지 말고 감사! 감사! 드리는 마음을 간직해야 할 것 같아요.

'걸작품!'

진짜 나 같지 않고 좀 조립식인 나 같지만 지향을 두고 살아 보려구요-

2019. 04. 04.

| 따뜻한 감사의 표현

> 감사하는 마음의 밭에는 실망의 씨가 자랄 수 없다.
>
> – 쉐프

Q. 힘들고 피곤한 하루를 보낸 후 배우자가 나를 따뜻하게 맞아줄 때의 느낌은 무엇입니까?

A. 한 그루 나무로 천 개비 성냥을 만들 수 있지만, 천 그루의 나무를 태워 버리는 건 성냥 한 개비라고 합니다. 부정적인 생각 하나가 모든 긍정적인 생각을 죽인다는 것입니다.

돈보스코가 퇴근하면서 '어떻게 된 거야, 밥상 안 차려 놓고, 빨리 먹고 십자가의 길 하러 성당에 가야 되는데.' 하며 윽박지르듯 말했을 때 마치 골짜기로 처박히는 듯 힘이 빠졌습니다.

미세먼지를 줄일 수 있다는 나무를 나무시장에서 샀습니다.

내 키만 한 것, 키보다 한 배 반만 한 것, 멕시코 소철 등등을 사 와서 아파트에서 화분을 주워다 분갈이를 하며 젖 먹은 힘까지 다해서 심었습니다.

허리랑 다리가 아우성치지만 일을 끝냈습니다.

돈보스코가 둘러보지도 않고 밥상만 서두를 때는 섭섭했

부부의 사계절

습니다.

그러나 식사 후에 나무들을 둘러보고 좋아했습니다.

아침에도 일어나 둘러보고, 집에 일찍 오고 싶다고 나를 치켜세웠습니다.

봄에 식물들이 자기순서를 기다려 화려한 꽃을 피우듯이 선량한 남편이 매몰차지 않을텐데 나를 알아주는 순서를 못 기다리면 낭패를 보는거죠.

긴 세월 같이 살아도 미묘한 거리감이 느껴질 때가 있습니다. 요즘 사순절 강론처럼 타자를 내 안에 품어야 하는 것만한 사건이 있을까?

돈보스코가 내가 심은 나무를 보고 잘 자라도록 기를 넣어준다며 나뭇 잎을 매만지며 좋아해 줄 때 나도 덩달아 무등을 탄 듯이 행복합니다. 눈이 시리도록 화려한 벚꽃 속을 함께 걷는 듯 행복함을 느낍니다.

부정적 생각 하나를 눌렀더니 모든 긍정적인 생각이 되살아 났어요.

사순절이니까 참아야지요.

2019. 04. 09.

| 사랑은 하는 것이 아니라 느끼는 것

> 사랑이란 자신과 다른 방식으로 느끼며
> 다르게 살아가는 사람을 이해하고 기뻐하는 것이다.
>
> — 니체

Q. 내가 배우자에게 사랑을 느낄 때는 언제입니까? 이때 나의 느낌은?

A. 우리는 '혼자 함께' 살아야 한다는 역설적인 조언도 듣지 않았나요.

혼자 자유를 느끼며 구속되지 않는 삶을 살고 싶으면서도, 외로움 때문에 동반자를 그리워하는, 그래서 자유보다는 결혼이라는 사랑을 선택한 것 아닌가요.

돈보스코는 명절 연휴 동안 세끼를 꼬박 차리고 돌아서면, 빨래 집안청소 등등으로 분주한 저를 알아차린 듯 당신 대단해, 내가 이거 옮기는 동안 벌써 다 해 버렸네 하면서 도우려고 애를 씁니다. 그리고 멀리 있는 아이들에게도 제 칭찬을 소상히 써서 카톡방에 올립니다.

이전보다는 엄청 진보했지만 기울어진 운동장에서 애를 써야 하듯이 저는 여전히 힘겹고 섭섭합니다. 그렇다고 뾰족한 수

도 없고, 참으면 속이 상하고-

새벽 선잠이 들었는데 다독여 줄 때 저는 행복에 젖어듭니다.

우리 집에서 기도 모임 준비할 때, 정성들여 식탁 정리해 줄 때, 컵 하나라도 선물 포장을 제가 열어 보는 기쁨을 느끼도록 그대로 테이블 위에 올려놓고 기다려 줄 때 세상에 아무 것도 부럽지 않다니까요.

아무래도 내가 찜을 잘했어 말해 줄 때는 열 번 들어도 기분 좋습니다.

불가능한 것을 되게 하는 힘이 있는 것 같아요.

아프리카 대륙 최남단 폭풍의 힘이 가장 센 곳을 희망봉으로 이름 지어 부른다고 하듯이 희망이 부풀어요.

임병헌 신부님 말씀처럼 과거는 하느님 자비에, 미래는 하느님 섭리에, 현재는 하느님 사랑에 맡기고 삶을 살아라 했듯이, 사랑의 삶을 살아 내려는 저의 자세가 중요한 것 같아요.

둘이 하나로 살려고 결혼했는데, 내 편 네 편, 둘로 나누어 따지기 시작하면서 파열음이 나는 것 같아요.

제 마음 닦기가 중요한 것 같아요.

2019. 09. 18.

굽히고 존중하라

| 지혜로운 체념

> 진정으로 어울리는 부부를 발견하는 일은
> 홍해를 가르는 모세의 기적보다 더 힘들다.
>
> – 요하난

Q. 배우자의 변화될 수 없다고 생각하는 부분은 무엇이며, 나는 이를 어떻게 받아들이고 있습니까? 이때 나의 느낌은?

A. 배우자의 변화될 수 없다고 생각하는 부분은 '남자'라는 거

죠. 남자가 여자로는 안 되는 거죠. 남자라서 여자와 다른 부분이 있고, 때문에 출산, 육아양육, 가정 내의 잡다한 모든 것은 여자가 처리하게 되기 마련이지요. 그렇게 여자가 버팀목의 역할을 분배받는 거 아닌가요.

이렇게 대단한 역할을 해야 된다는 것을 몰랐기 때문에 겁없이 징검다리를 건넌 것 같아요. 둘러봐도 홍수에 떠 있는 조각 배같이 어디에 걸칠 곳이라고는 보이지 않더라고요.

누가 광장의 성인 조각상에게 복권이 당첨되게 해 주세요 하고 꼬박 꼬박 기도했대요. 참다못한 성인 조각상이 버럭 소리를 질렀대요.

'제발 복권을 사라고!' Please buy a ticket!' 꿈꾸지만 말고 꿈꾸는 걸 실천하는 삶을 살라는 함의를 읽어 냈다고 하네요.

돈보스코와 삶에서도 문제가 있으면 땅만 치고 있으면 해결되는 것이 아니고 실천, 굴기를 해야지요. 제 몫은 할 수 있기 때문에 저에게 주신 거 아니겠나, 생각하면서 묵묵히 산비탈을 공을 굴려 올리듯이 미끄러지지 않게 힘주어 뒷다리를 버티듯 살았지요.

돈보스코가 여러 직장을 옮겨 다닐 때마다, 낭떠러지에 떨어졌다가 겨우 직장에 가고, 또 계곡에 처박혔다가 작장을 얻고 할 때마다 하늘이 안 보이는 깜깜함 속에 헤맸지요.

우리 둘이서 서로 버팀목이 되어 지나온 것 같아서 지금은 서로 쓰다듬습니다.

'성추행-'

돈보스코는 '성추행 좋아'라면서 농담을 하면서 삽니다.

부부 사이니까 성추행이 법의 허용 범위에 속하겠지요?

비 온 뒤에 갠 날처럼, 첫눈 내리는 날처럼, 기분 좋아, 의미 있게 손을 꽉 잡습니다.

우리 둘의 문제 + 아이들 + 결혼한 배우자들 + 손주들 + 사돈들이 부챗살처럼 벌어져 가기 때문에 더욱 중심을 놓치지 않게 긴장하는 삶을 앞으로도 살 수 있으리라 믿으면서-

2017. 12. 12.

| 신뢰를 파괴하는 거짓말

거짓말은 불행을 몰고 오는 여신의 기수이다.

– 쟝 지로도

Q. 내가 배우자에게 거짓말을 할 때는 언제이며 이때 어떤 느낌입니까?

A. 우리가 시각적으로 본 것, 그리고 경험한 범주 안에서만 우

부부의 사계절

리는 지각하고 알 수 있는 것 아닐까요?

살다 보면 경험하지 못한 것이 닥쳐올 때가 있습니다. 전연 새로워서 어떻게 대처해야 할 줄을 몰라 당황하고 두렵고 겁이 나는 경우도 불현듯 생기지요.

제가 폐암을 진단받고, 수술대에 누울 때, 두렵고, 겁에 질려서 그냥 무력해져 버리더라고요. 상상도 못 해 보았고, 감히 이런 일이 나에게 발생할 줄은, 이런 일이 나에게 터질 줄은 몰랐던 겁니다.

돈보스코는 나에게 실제로 일어나고 있는 놀라운 일을 실제처럼 공감할 수 없었죠. 돈보스코 체험 밖의 일이기 때문에 완전히 이해할 수 없는 것이죠. 염려해 주어도 이해의 방식이 저의 실제와는 다른 방식으로 이해되겠죠.

제가 회복되어서 성호를 긋고 싶은데 손이 안 올라가더라고요. 옆구리에 주렁주렁 호스가 매달려 있었거든요. 손을 움직일 수 있으면 열심히 성호를 긋겠다고 마음속으로 다짐을 했습니다.

애달픈 게 한두 가지가 아니었지만 남편에게 다 말할 수는 없었습니다.

그냥 접어 두고, 그 사람과 다른 차원의 생활을 해야 된다는 다짐을 혼자 하였습니다. 나를 다 알릴 수는 없었던 것이죠. 거짓말을 한 건가요?

지금 와 생각하니 이 충격적인 사건의 놀라움, 조금씩 병자에서 사람으로 변해 가는 경이로움과 같은 상반된 감정이 기쁨을 주기 위한 충격으로 느껴집니다. 내가 나를 관조, 주시하면서 지금은 숭고함을 느낍니다.

하느님께 감사합니다.

가 버린 아홉 명 나병환자 속에 들지 않고 감사할 줄 알던 한 명의 이방인 나병환자의 감사를 닮으려 애씁니다.

열린 마음으로 제 심장소리를 주시하고 듣고 있으면 생명의 숭고함, 경이로움에 빠집니다.

2017. 11. 15.

| 진정한 사과

> 훌륭한 사과는 세 부분으로 이뤄진다.
> 미안해. 내 잘못이야. 바로 잡으려면 어떻게 해야 할까?
> 대부분의 사람은 세 번째를 잊는다.
>
> – 미상

Q. 배우자의 사과에서 진정성이 느껴지지 않을 때는 언제이며 이때 나는 어떤 느낌이 듭니까?

A. 공중탕에서 샤워할 때 옆에 새 사람이 들어와 온도를 맞추느라고 샤워꼭지를 조절할 때, 제 샤워꼭지에서도 뜨거웠다 차가웠다 깜짝 놀랄 정도로 온도가 올라갔다, 내려갔다 할 때가 있습니다. 그때는 나도 따라서 온도를 조절하지 않고 옆의 분이 조절할 때까지 기다리면, 어느새 제 샤워기 온도도 제대로 돌아오지요.

돈보스코는 경상도 사나이기 때문에 미안하다는 말을 못 꺼내는 '간' 밖에 없는 사람처럼 보였습니다.

그래도 인제는 나이가 들어 눈치도 늘었습니다. 서울사람 비스무리하게. 하지만 아직도 여자한테 사과하는 것은 힘들어하는 것 같습니다.

오늘 임병헌 신부님 강론 말씀이 생각납니다. '요셉이 팔려가는 순간만 보면, 있을 수 없는 비극이었지만, 후일 기근을 피할 수 있고, 그곳에 가 살 수도 있지 않았느냐, 절대적인 것은 하느님뿐이시고, 상대화해 보라'고 하셨지요.

자연적으로 우리 안에서 일어나는 섭섭함이나 아픔은 언제든지 있을 수 있는 일이고, 어떻게 처리해 가느냐가 삶의 질을 좌우하는 것이라고 하셨습니다.

돈보스코는 훌륭한 사과까지는 아니어도 '미안해'라는 말 속에 진정성이 담겨져 있는 것 같습니다.

더 호된 반성을 비켜 가도 제가 잘 해석해 보려고 합니다.

누가 알아요, 기근을 피할 수 있는 일이 펼쳐질지?

옆 샤워실 온도가 조절되면 나도 편해지듯이, 참아 보려구요.

2018. 03. 02.

| 편견

> 편견은 내가 다른 사람을 사랑하지 못하게 하고,
> 오만은 다른 사람이 나를 사랑할 수 없게 한다.
>
> – 제인 오스틴, 「오만과 편견」에서

Q. 내가 가지고 있는 편견은 무엇입니까? 이에 대한 나의 느낌은?

A. 춤은 발레처럼 뒤꿈치를 들고 부산하게 움직이는 서양 춤도 있지만, 뒤꿈치를 땅에 딱 붙이고 그 힘을 모아 척추로, 머리끝으로 기상을 뽑아 올리는 정중동, 동중정의 한국 춤도 있잖아요. 동서양의 춤도 이리 다를 수 있는데, 화성에서 온 남자 금성에서 온 여자라는 유행어처럼, 더 엉뚱한 곳, 화성, 금성에서 온 사람끼리 살면서, 서로의 희망과 꿈이 땅끝만큼 멀 수도 있지 않을까요?

저는 열등감 지수가 높은 것 같아요. 눈치를 보게 되거든요. 돈보스코하고 살면서 혼인계약의 조건사항에 미달이 될까 봐 살펴보게 되더라고요.

친구 좋아하는 남편은 옆집, 윗집에 친구들을 모아들여 어울려 살았습니다. 그 후에는 삼성 사우촌에서도 살았지요.

자연히 다른 사람에 비하면, 나의 부족감은 여지없이 드러나고, 내 스스로 생각해도 메뚜기처럼 볼품없는 것은 당연한 것이죠. 남편이 조금만 업신여기면 저의 열등감 때문에 폭격 맞은 듯 부서져서, 참새도 '쨱'하고 죽는다는데 저도 '꽥'하게 되지요.

내가 보고 있는 창은, 남편이 나를 무시하지 않을까? 창입니다.

밟히는 것 같으면, 남남처럼 싸늘해지지요. 힘도 쪽 빠지고 물론 의욕은 벌써 팽개쳐 버린 겁니다.

옆집 돈보스코 친구 부인이 '혹시 이 집 남편 가정에 흥미가 없는 거 아니야, 왜 이렇게 매일 늦으시는 거야?'라고 말할 때는 저는 할 말을 잊었습니다.

그 세련된 분과 저는 많은 차이를 느끼고 있었거든요. 올 것이 온 것처럼 확인 도장을 받은 것처럼 씁쓸했습니다.

세월이 흘러서 지금 와 생각해 보니, 같은 춤이지만 뒤꿈치를 들고 출 수도 있고, 뒤꿈치를 딱 꽂고도 출 수 있듯이 저도 하느님께서 눈동자처럼 아끼시는 세상에 하나밖에 없는 유일한 나인데 쓸데없는 편견으로 스스로를 멍들게 한 것이 아닌가?

하는 생각이 들었습니다.

어제 건강 종합검진을 받았습니다. 복부 초음파를 하시는 선생님이 자기가 오랫동안 초음파를 보아 왔는데 신비하게도 정말로 똑같은 사람이 한 사람도 없다고, 쌍둥이도 같지 않다고 말씀하시더라고요.

저는 남편 친구 부인처럼, 그 사람과 똑같이 세련되고 싶었고, 아는 척도 해 보고 싶었던 거죠. 결국 표절하려고 했던 것이니 처음부터 잘못 설정해 놓고 산 것이지요.

하느님은 유일하게 창조해 놓으셨는데!

2017. 11. 25.

| 오해와 이해

> 자신이 얼마나 자주 타인을 오해하는가를 자각하고 있다면
> 누구도 남들 앞에서 함부로 말하지 않을 것이다.
>
> – 괴테

Q. 배우자에게 오해를 또는 이해를 받을 때, 나는 어떤 느낌이 듭니까?

A. 같은 말을 이해하면 연인 사이이고, 오해를 하면 아니라네요.

돈보스코와 저는 사이가 좋을 때, 제가 병원에 가게 될 때는, 집에 불이 난 것처럼 일사천리로 함께합니다. 어떤 군말 없이 열심히 합니다.

그러나 사소한 일, 이를테면 모임에 갈 건지, 어떤 일을 우선으로 할 것인지, 돈 지출에 관한 것은 어떻게 할지 등등에 관해서는 예민해집니다.

가만히 보면 목표가 정확한 것은 좌고우면하지 않고 둘이 함께 힘이 합쳐지는데, 소소한 재미를 추구할 수 있는 것은, 서로 다른 방향으로 쳐다보는 버릇이 생긴 것 같습니다.

무엇보다도 이리 가도 저리 가도 별 문제가 없어 보이는 것에서는 '나를 따르라'는 힘을 은근히 비추어 보는 좀 어린아이 같은 세도를 부리게 되는 것이 아닌가 싶어요.

부부 사이로 살면서 일방적으로 혼밥을 먹듯이 할 때, 작은 할퀸 자국이 남지요. 이렇게 헐리는 것 같은 기분이 쌓이면, 아파지는 거지요. 어느 누구도 하느님의 걸작품이 아닌 이가 없으니까, 서로 세심하게 배려하려고 애쓸 때 기쁨이 샘솟는 것 아닌가요.

비타민을 챙겨 입에 넣어줄 때, 세상의 반쪽이 내 것인 양 의기양양하게 됩니다.

자리끼를 챙겨 놓아 준 것을 볼 때, 사랑받기 위해 태어난 사람처럼 흐뭇합니다.

미처 챙기지 못한 우산을 펼쳐 줄 때도 행복하지요.

좋은 곳으로 떠날 계획을 세울 때도, 당연히 나도 하고 싶었던 것이지만, 물어보아 주면 인정받는 기분이라서 살맛이 보태어집니다.

제가 더워서 숍에서 망사 조끼를 샀습니다.

좋아 보이네 하는 말 한마디 들을 때 으쓱해지더라고요.

같은 말(사건)이라도 오해보다는 이해하려는 자세가 낙관적으로 사는, 기쁨 속에서 살 수 있는 묘약이 아닌가 싶어요.

이 더위에 좀 시원하게 살아 볼려구요.

2018. 08. 08.

| 용서도 습관이다

용서란 구두에 짓밟힌 제비꽃이 그 구두에 남긴 향기다.

– 마크 트웨인

Q. 일상생활에서 내가 화를 참지 못하는 배우자의 작은 습관에는 어떤 것들이 있습니까? 이에 대한 나의 느낌은?

A. 내 자리에서 보면 가까운데 돈보스코 쪽에서 보면 멀리 있는 것, 원근법처럼 자기 입장에서 보는 것과 상대방 입장에서 보는 것이 똑같을 수는 없는 거죠. 겹치기로 사는 것이 아니고 자유 의지로 살고 있잖아요. 시점이 다른데 같은 거리로 보기를 원하는 것은 모순일 수 있지 않을까요?

돈보스코는 나와 단둘이 이야기할 때도 다른 곳을 보면서 말을 합니다. 나는 라디오에서 나오는 소리가 된 것 같고, 같이 다정하게 이야기하는 기분이 안 듭니다.

남편은 불려 다니는 데가 많습니다. 오늘도 광고주 협회에서 건배사를 해 달라 한다면서 늦는다고 간단한 전달이 왔습니다. 집에 꽉 박혀 있는 나는 날이 저물어 가니 쓸쓸하죠. 이렇게 응급으로 때워지는 경우가 저를 조급하게 합니다.

생각해 보면 완전히 시점을 대상에 두고 체화해서 쏟아 낸 그림이 좋은 그림이라 하더라고요.

나도 메뚜기 한 철처럼 다니는 남편을 그 사람 입장에서 이해하고 그래도 이 나이에 불려 다니는 게 어디냐 하며 나 홀로 썩지 말고 삭혀서 부부의 맛을 낼 수 있어야 한 부부라 할 수 있는 건가요?

썩힘과 삭힘의 한 끗 차이 때문에 앓이를 합니다. 자꾸 썩히는 쪽으로 기울 때는 마음도 지저분해지는 것처럼 불쾌합니다.

돈보스코가 어른들을 모시는 경우가 비교적 많았던 것 같아요.

똑바로 어른 눈을 보고 이야기할 수 없는 정서가 있었나 봐요. 딴 데를 보고 이야기하던 점잖음이 잔재로 남아 돈보스코가 엉뚱한 곳을 보고 말할 수도 있다고 이해하면 별것도 아닐 수 있죠.

제 주보성인께 더 열심히 도움을 청해야 할 것 같아요.

2017. 10. 26.

| 일상에 작은 변화를 주자

> 인간은 일생에 한 번이 아니라 매일매일 기분을 새롭게 해야 한다.
>
> – 플로렌스 나이팅게일

Q. 나는 일상생활에서 작은 변화를 주기 위해 어떤 노력을 시도하고 있습니까? 이때 나의 느낌은?

A. 사실은 세밀하게, 아니면 날것 그대로 볼 수만 있다면 일생 동안 똑같을 수는 없지 않을까요?

그전의 사진을 보니 제 배가 이렇게 부르지 않았고, 머리도 흑발이었는데 지금은 흰머리입니다. 달라졌어요. 관념적으로 와이프이지 저는 달라지고 있습니다. 분명합니다. 더 빨리 변하

부부의 사계절

면 어지러울 것 같아요.

돈보스코도 직장이 여러 번 바뀌었고 그때마다 풍기는, 관심을 갖는 부분이 다른 것 같았습니다.

이런 변화를 무디게 그냥 개념적으로 받아들일 때 정말 그 사람을 느낄 수 없는 것 아닌가요.

저를 집에 항상 있는 장롱 정도로 스쳐보면 억울합니다.

오늘 기막힌 석양을 보고 가슴이 뛰었고, 아파트의 소나무 사이로 보이는 밝은 달빛 보면서 청아함에 젖어도 본 '나'입니다.

떨어진 은행잎, 내 앞에 구르고 있는 예쁜 낙엽 엽서가 우리 집을 찾는 것 같은 감상에도 젖어본 저입니다.

어째서 저를 지루하게 생각하시나요.

나를 그대로 나로 보아 주세요.

제 마음을 알아주시면 돈보스코도 재미있을 텐데?

집에 오면 '여보 나 왔수.' 하고 방으로 들어가 버리면 언제 나를 알릴 수 있나요?

서로를 동질화해 볼 수 있는 중요한 시간을 준비하는 것도 행복의 아궁이에 불쏘시개를 넣는 것 아닐까요?

너무 답답했나요?

2017. 11. 04.

| 자기존재감

Q. 가정에서 내 자신의 존재감을 어떤 방법으로 찾으려고 합니까?

A. 나는 나의 존재감이 흐려질 때 남편 옷에 붙어 있는 검불 같은 느낌이 듭니다.

저의 존재감을 살리기 위해 지금은 건강식을 준비하여 가족 건강을 위해 노력하려고 합니다. 비싸지 않은 유기농 제철음식을 준비하지요. 제가 식재료를 구입하는 곳은 '우리농'가톨릭 농민회가 운영하는 곳인데 온라인으로도 판매하고 있어서 집에서 쉽게 주문합니다. 요즘은 옥수수, 감자, 복숭아, 토마토 그리고 야채종류도 삽니다. 걱정되는 화학 성분이 포함되어 있지 않아 믿을 수 있어 좋습니다. 이렇게 준비된 식재료는 저에게는 풍요로운 기분까지 들게 합니다. 그리고 열심히 8군 영양식품이 골고루 들어가도록 한의사가 약을 조제하듯이 음식을 준비합니다.

마음이 뿌듯해 옵니다. 외식은 가능한 한 자제하고 부엌을 폐업하는 일 없이 꾸준히 이어갑니다. 우리 집에 중심이 잡힌 듯 배의 닻이 잘 내려져 있는 듯 안정감이 스스로 느껴집니다.

아들도 일주일에 한 번은 바쁜 중에도 균형 잡힌 엄마의 식사를 먹으러 옵니다. 효도관광처럼 오고 있는지는 몰라도 저는 꿩 먹고 알 먹는 기분으로 뿌듯한 충만함이 있습니다.

이렇게 내 자리를 펴고 있죠.

어느 할머니는 모든 식구 양말을 챙겨서 방에 갖고 있다가 양말 신으러 할머니 방에 꼭 들르게 하는 재주도 있으시더라고요.

한 부분을 충실히 하려고 노력하고 그래서 가족이 화평하면 행복합니다.

남편도 식사는 든든해하는 것 같아요. 그래서 저는 자신감이 생깁니다. 자존감이겠지요.

2017. 08. 13.

| 자신에 대한 믿음만 있다면

> 당신이 진정으로 믿는 일은 반드시 이루어진다.
> 그 믿음이 그것을 실현시킨다.
>
> – 프랭크 로이드 라이트

Q. 결혼생활에 대해 내가 가지고 있는 믿음은 무엇입니까? 이에 대한 나의 느낌은?

A. 제가 알고 있다고 생각한 돈보스코의 모습은 돈보스코의 실체가 아니라, 내가 선택한 이미지였다네요.

돈보스코라는 실체는 살아 있기 때문에 끊임없이 변하고, 그래서 어떤 면에서는 흐름으로 존재한다고 합니다. 그런데 붙잡으려 할수록 불안해지고, 남편이 이런 사람이기를 집착할수록, 번뇌가 생긴답니다. 자연의 순리에 벗어난 집착이기 때문인 거죠.

제가 돈보스코를 본 순간 성실하고 자상한 사람인 것 같았습니다. 불안해 보이지 않고 두 발을 땅에 완전히 딛고 선 듯 편안한 느낌이었습니다. 웬만한 실수는 다 묻어 줄 것 같은 넓은 사람으로 보이더라고요. 내가 생각했던 것은 극히 선택적으로 돈보스코를 본 일부분이었고 미처 알지 못했던 전체 돈보스코와 살아야 되는 것은 모르고 있었습니다.

　돈보스코가 100미터 경주하듯이 온 힘을 다해 일에 매진할 때는, 저는 어디에 있는지 아무 상관이 없었습니다. 하숙 치는 아주머니 정도였죠. 조금이라도 굴레에서 벗어난 듯하면, 효용 가치를 따지는 주인처럼 못마땅한 듯한 내색을 비추고, 그런 여김을 당할 때는 내가 생각했던 남편이 아닌 거예요.

　허상을, 신기루를 따라 나선 듯 허망할 때도 수십 번 있었지요.

　하등 동물은 반응이 즉각적이고, 신경계가 발달할수록 즉각적인 반응보다 더 나은 행동을 한다고는 하지만, 마음 둘 데가 없었습니다.

　정신을 차리니 내가 돈보스코를 아는 것이 아니라 내가 꾸민 돈보스코와 결혼했더라고요.

　진짜 실물 돈보스코와 살아야 되는 거잖아요.

　그 사람은 존재 그대로인데, 제가 그린 돈보스코이기를 집착하니 실상과 내가 만든 허상과의 차이를 메꾸어야 하는 것은 내 몫일 수밖에 없다는 것을 더듬이로 찾아냈죠.

　그리고는 내 집착보다 그 사람을 찾고, 알아 가기로 결심했습니다. 사랑은 물렁한 것이 아니라 대단한, 내어 주어야만 하는 것을 깨닫기로 결심을 했죠.

　시행착오도 많았지만 지금은 얼굴이 서로 비슷해진 것만큼 도달한 것 아닌가 싶습니다.

멋모르고 떠난 길이 만만치 않았습니다.

집착 그래서 생긴 번뇌에 빠져들기가 미끄럼틀에 올라 내려 올 때처럼 쑤셔 박히게 되더라고요.

정말 어려운 숙제를 결혼 50년이 되어서야 깨닫는 늦깎이인 것 같아요.

2018. 07. 10.

| 자신의 감정은 자신이 책임져야

> 자신의 감정을 믿지 말라. 감정은 자신을 속이는 수가 있다.
>
> – 석가모니

Q. 어떤 경우 배우자에게 내 감정에 대한 책임을 전가하게 됩니까?

A. 나는 손이 열 개라도 부족할 지경으로 우리 집안의 일로 쫓기는데 돈보스코는 여유 있게 자기 일을 차근차근 하고 있을 때 압력솥 밥뚜껑이 튈 것처럼 화가 올라옵니다. 분명히 남편 때문에 화가 솟지요.

그러나 생각해 보면 내 삶의 가치관 때문에 내가 나를 볶는 것이지 남편은 지금 상태로도 OK 이기 때문에 콩 튀듯 팥 튀듯 하는 저를 몰라라 하게 되거나, 아니면 이해가 안 되는 것 아닐까요.

남편 때문에 화가 난 것이 아니라 나는 나 때문에 화가 치민 것 같아요.

'당신 내가 이렇게 바쁜데 거들어 주지 않으니 섭섭해. 조금은 더 좋게 하려고 나는 애쓰는데.'

남편 왈 '나도 중요한 일로 문자도 보내고 확인해야 할 일이 있었거든.'

버럭 화부터 냈으면 민망할 뻔했습니다.

어떤 누구도 나를 화나게 만들 수 없는 것 같아요.

나를 그 사람 손에 쥐어 줄 수는 없는 것 아닐까요?

내 감정의 주인은 나이지 남편의 눈치에 따라 사는 해바라기가 아닌 것이죠. 나는 내 감정의 주인입니다. 타인에 의해서 롤러코스터처럼 동요되는 인형이 아니거든요.

그리고 나는 여전히 하느님께서 눈동자보다 더 귀하게 보호해 주시는 걸작품이거든요.

2017. 09. 26.

| 자존심과 신뢰

Q. 내가 배우자에게 자존심을 내세우게 될 때는 언제이며 이때 나의 느낌은 무엇입니까?

A. 나는 내가 생활하는 나만의 패턴이 있습니다. 돈보스코와 마음이 부딪칠 때는 대부분 나의 궤도가 남편에 의해서 어그러질 때입니다.

어제 그저께는 날씨도 좋았고 미세 먼지도 적고 기온도 따뜻해 제법 근래에 드물게 괜찮은 기분이 들었습니다.

뚝 길을 돈보스코와 함께 걷기로 하고, 나갈 준비를 하는데, 겨울 산책할 때 주로 입는 패딩이 이리 뒤지고 저리 뒤져도 영 보이질 않았어요. 마음이 급해져서 두리번거려도 안 보이는 거예요.

알고 보니 돈보스코가 옷을 기증하는 박스에 넣었다고 합니다. 전연 집 정리 정돈에 관심이나 흥미를 보이지 않던 양반이 말이지요.

섭섭했습니다.

내 옷을 물어보지도 않고 기부해 버렸다니···.

내가 버려진 기분이 들더라고요.

날씨 찬데 추운 사람 입으라고 넣었으니, 좋은 일 했다고 생각하라는 거예요.

나 아무와도 다투지 않았거늘-

그 누구와도 나와 다툴 자격이 없다는 식으로 돈보스코는 뚝 길로 나가 버리고, 나는 창밖의 햇살이 눈을 찌르는 듯 짜증스러웠죠. 혼자 남은 저는 동네 장승을 미륵불인 줄 알고 치성을 드린 기분이었습니다. 이타적인 것과 이기적인 것이 순간에 뒤범벅이 돼 버리더라고요.

마음먹기에 따라서는 아무것도 아닐 수도 있지만 순서가 뒤바뀌면 이상한 그림이 되더라고요.

소통과 공감을 했더라면 아름다울 수 있는 일이 영 나락으로 미끄러진 찜찜한 기분입니다.

그래도 내 옷이 날아가 버려, 기운이 없었지만 정신 차려 보면 꽝꽝 얼어붙을 일은 아니라서 빙점이 아주 낮지는 않게, 서로 멋쩍었지만 냉기는 가셔졌어요.

어린아이도 넘어지면 또 일어나 걸으려 하듯이 '일어서'야지요.

2017. 12. 19.

| 자존심을 굽혀 청하는 화해

실수를 고치는 것은 매우 중요하다.
그리고 고치려는 의지만 있어도 의미가 있다.

— 데버라 블럼

**Q. 내가 배우자에게 자존심 굽혀 화해를 청하기 싫을 때는 언제입니까?
이때 나의 느낌은?**

A. 한 해 마지막날 밤 자정 미사를 하고 ME 식구들과 카운트다운하며 새해를 맞았습니다. 샴페인도 대표님이 준비하셔서 터트리고- 오붓하고 즐거웠습니다. 상대성 원리를 이해할 수 있었다니까요. 자정까지 버티기는 제 건강으로는 무리가 아닐까? 생각이 됐었거든요. 웬걸요, 시간의 총량은 같은데 그전의 제야는 힘겨웠지만 ME 식구들과 보낸 시간은 오히려 가뿐하고, 신까지 나고, 행복했습니다.

　내 인생의 저자는 나라고-신부님이 강론 때 말씀하셨어요.

　별의 움직임은 계산할 수 있을지 몰라도 내 남편 돈보스코의 마음은 계측이 어렵습니다.

　나는 중요한 집안일로 속이 타게 전화를 하고 있는데, 혼선이 일어나게 전화를 받고 있는 저를 함께 도와주지는 못할 망정 한다는 말이 집안일에 아무 관심이 없는 듯 헬스클럽 갔다 오겠다는 말을 하는 거예요.

주위를 밝히려는 촛불이 속 타는 줄 모르고 타들어 가듯이, 내 속이 타들어 가는 것 같았어요. 숨이 턱에 와닿는 듯, 속에서 뜨겁게 뭔가가 치밀어 오르는 것 같았어요. 순간 깜깜해지더라고요. 야속하기도 하고요.

어떻게 화해를 청하나요?

저도 내 인생의 좋은 작품의 저자이고 싶지요. 누더기처럼 기운 것이 아니길 바라는데 속이 터질 때 어찌 해야 될지.

생각해 보면 돈보스코가 건강해야 심란하지 않죠. 먼젓번 폐렴을 앓았을 때 겁이 나더라고요. 벌써 남편 건강에 대한 관심이 심드렁해진 것 같아요.

인내와 끈기가 부부의 큰 미덕이니, 전체를 보면 남편의 헬스클럽 가겠다는 것은 그럴 수도 있겠지요.

돈보스코도 미워할 수만은 없는 일도 가끔 하거든요.

제가 너무 헤픈가요?

2018. 01. 02.

| 잔소리

Q. 나는 어느 때 배우자에게 잔소리하게 됩니까? 또한 나는 배우자에게 잔소리할 때 무엇을 기대합니까? 이때 나의 느낌은?

A. 사람은 멈추기를 반복하며 살아야 할 운명이라지요.

문제는 그 멈춤이 시간 낭비일 땐 그에 걸맞는 불행이 뒤따른다는 점입니다.

'불행은 언젠가 내가 소홀히 보낸 시간들이 나에게 가하는 복수'라고 하더라고요.

나는 돈보스코가 더욱 근사하게, 좋게 보이게 하고 싶어서 잔소리하게 됩니다.

남편은 돌뿌리에 채인 듯 멈칫하고, 얼굴이 순간 굳어지더라고요. 나는 더욱 발전하기를 원하는 마음에서였는데, 봄에 흙더미를 쳐들고 나오고 있는 새싹을 발로 비벼 버린 듯이 순간 잘못 내린 결정에 당황하게 되더라고요.

부부의 사계절

쏟아진 물을 어찌할 줄 몰라 하면서도 계속 내 말을 합리화하려고 어거지를 동원하는 거죠.

결국 설거지는 깨끗하지 못하게, 고쳐 보려고 시작하지 않느니만 못하게 흘러갔습니다.

제가 옳다고 생각한 것이 남편한테는 전연 다른 의미로 받아들여지는 낭패로, 미세먼지보다 더 가슴이 답답해졌습니다.

운동회 때 달려도 모자랄 판에 붙잡고 누그러뜨린 것 같았어요.

멀쩡한 돈보스코를 멈추게 한 것도 모자라, 구차한 변명으로 탕진하게 한 건 아닌지?

잔소리 한마디가 무덤을 한 삽씩 파들어 가는 것이라는 끔찍한 일임을 알았으니 오늘부터 치워 버리려 합니다.

내 남편을 멈추게 하는 어리석음에서 해방되려 합니다.

신부님 말씀이,

내 죄 짊어진 예수님께서 매일 저를 재생시켜 주신다고 하셨으니까요!

2018. 01. 06.

| 부부의 갈등해결 능력

Q. 우리 부부의 갈등해결 능력을 높이기 위해 부부가 함께 노력해야 하는 점은 무엇입니까? 이에 대한 나의 느낌은?

A. '문제들의 해법은 고장 난 기계를 고치는 것과 비슷하다. 복잡한 문제를 단번에 푸는 해법은 없다. 하나씩 차근차근 해결해야 한다.'는 말이 있습니다.

저는 돈보스코와 긴 세월 함께 살았는데도 어떤 남자인지 모르겠는 경우가 있습니다. 전연 내 생각과는 엉뚱할 때를 마주하곤 합니다. 속이 타서 숯으로 변할 것 같은 때가 부지기수지요.

아예 기대를 하지 말자. 나와 다른데 내 방식대로 기대하기 때문에 무너지는 아픔이 있지 않나!

그래서 내가 계획한 일은 내가 깨끗이 해결해 보려고 애를 씁니다.

그러나 함께 살면서 집안 살림은 선이 그어지는 것이 아니고, 혼자 감당해 나가기에는 역부족인 경우가 많죠.

탁류처럼 밀려드는 서글픔, 서운함은 털어 내도 나를 휘돌지요.

옷 방의 구조를 바꾸면서, 있는 헌 거울을 활용해 보려고 여러 가지 궁리를 했습니다.

무거운 거울을 거치대까지 옮기는 것이 만만치 않았습니다.

시행착오를 겪으면서 드디어 알맞은 곳에 잘 설치했습니다.

부부관계도 고장 난 기계를 고치듯이 해야지 복잡한 문제를 단번에 풀려고 서둘면 더더욱 엉킬 것 같아요.

정해진 공간에 헌 거울의 설치를 위해서 한 가지 한 가지 차근차근 풀어 나가 마땅하게 설치하듯이, 돈보스코와 저와의 사이가 부스러지지 않게, 고장 난 기계를 열심히 살피듯이, 남편 입장에서 생각해 보고, 살펴보고, 받아 주고 이해하는 폭을 늘려 보려고 합니다.

사랑하는 것은 결심하는 것이니까요.

2019. 02. 17.

| 침묵해야 할 때

말을 배우는 데는 2년 걸리지만, 침묵을 배우는 데는 60년이 걸린다.

– 미상

Q. 우리 부부 관계에서 내가 침묵해야 할 때는 언제입니까? 이때 나의 느낌은?

A. 벙어리 삼 년, 귀머거리 삼 년, 보고도 못 본 체 삼 년이라는 옛말이 있습니다.

돈보스코는 코를 기찻길 옆에서 자는 것처럼 느껴질 정도로 시끄럽게 골곤 합니다.

또 부엌에서 아무리 바빠도 마치 38선인 듯이 부엌 문지방을 넘을 줄 몰라요.

그 외에도 다수가 있습니다.

참죠, 참다 참다 못해서 말을 하면 잠깐만 시원하고, 예열이 안 됐는데 서두른 듯 오히려 홍역을 치릅니다.

물론 나도 짜증나게 하고, 거추장스러울 수 있음을 알아야 하죠!

속상할 때 침묵하기는 60년 넘어 걸려도 쉽지 않습니다.

부부의 사계절

그래서 빵 터지려는 공간을 잘 어루만지며, 나의 행복은 돈 보스코의 행복에 달려 있다고, 못 본 체, 못 들은 체, 벙어리 삼 년이, 귀머거리 삼 년이 하며 살고 있습니다. 시집에서 시집살이를 하는 게 아니고, 남편에게서 시집살이의 정수를 맛보는 것이라고 되뇌고 있습니다.

아주 다른 남과 여가 수십 년을 함께 산다는 것 자체가 어려움을 품고 시작하는 거 같아요.

오죽하면 죽음이 갈라놓기 전에는 갈라지면 안 된다는 무시무시한 서약을 공포하고 시작하도록 하겠습니까?

그래도 하늘이 무너지는 듯해도 솟아날 구멍은 있더라고요.

2019. 02. 23.

| 사랑의 순도

사랑은 성장이 멈출 때만 죽는다.

– 펄벅

Q. 배우자에 대한 사랑의 순도를 높이기 위해 내가 고쳐야 할 태도에는 어떤 것들이 있습니까? 이에 대한 나의 느낌은?

A. '현명한 사람은 그물을 바다에 던져 물고기를 가득 잡아 건져 올리는 지혜로운 어부와 같다. 그는 크고 좋은 물고기 한 마리를 골라내고 나머지 작은 물고기는 바다에 풀어 준 후 쉽게 그 큰 물고기를 선택하느니라. 귀 있는 자는 들으라.'라는 말씀이 있습니다.

저는 모임에 늦는 것은 질색이고, 좀 일찍 나가는 것이 안심이 됩니다.

이번 이스라엘 여행 중에도 모임 시간보다 일찍 나가려고 애를 썼습니다.

같이 나가자는 돈보스코의 청을 귓등으로 듣고, 애써 무시하고는 여행가방을 밀고 서둘러 나갔습니다.

서두르다 보니 어설픈 게 많습니다.

수신기를 방에 두고 떠날 뻔했는데 돈보스코가 찬찬히 둘러보고 빠진 것을 챙겨 주기 다반사입니다.

늦으면 안 되겠다는 나의 집착이 남편도 떨어트려 놓게 하고 혼자 내빼게 합니다. 뒤가 당기는 듯해도 일정을 강행하게 합니다.

돈보스코를 무시하고 지금 빨리 나가려 하는 것을 보니, 작은 물고기를 선택한 지혜롭지 못한 어부가 저인 것 같아요.

부부가 함께 이스라엘까지 여행을 왔으면 돈보스코가 우선이고 이 경우 큰 물고기가 남편인 것이 당연한데, 나의 집착이 큰 물고기는 버리고 작은 물고기에 연연하게 하였습니다. 어리석은 어부 노릇을 한 것 같아 부끄럽습니다.

하느님께서 좋아하시는 배려, 헌신, 열정, 사랑과 같은 compassion이 없는 혹독한 여행을 한 듯 후회스럽다니까요.

행복은 극적인 경험이 아닌 가랑비와 같이 잔잔한 즐거움의 횟수가 더 중요한데, 고집스럽게 별것 아닌 일에 매달린 듯합니다.

Life is C^{choice} between B^{birth} and D^{death}.

선택이 운명을 결정짓는데, 섣부른 선택 때문에 잔잔한 행복을 뒤엎고 쓰나미가 들이닥치듯 여행한 건 아닌지?

2019. 03. 13.

| 사랑과 집착

> 사랑은 '어떻게 하면 당신을 행복하게 해 줄 수 있을까?' 생각합니다.
> 그러나 집착은 '당신이 나를 왜 행복하게 하지 못할까?' 생각합니다.
>
> – 폰롭 린포체

Q. 나는 어느 때 배우자에게 집착하게 됩니까? 이때 나의 느낌은?

A. 결혼 행진곡이 끝나면 파트너의 단점이 보이기 시작한다고, 낭만이 아닌 현실과 맞닥뜨리게 된다잖아요. 돈보스코는 딴 사람이 나타나는 거 아니냐고 말해서 서로 어설픈 헛웃음으로 때운 적이 있습니다.

돈보스코의 초등학교 여자 동창생이 가까운 이웃으로 살게 되었습니다. 평판이 별로 좋은 사람이 아니었지요. 결혼중매도 하고 여러 가지 재주를 가졌더라고요. 친화력도 좋고-

그런데 동네 목욕탕에서 여러 사람들 앞에서 큰 소리로 "병두가 내 친구 아이가" 하며 돈보스코와의 친밀감을 과시하며 떠들 때는 내가 민망해지더라고요.

요즘 외국 여자들도 손잡은 아이도 밀치고 K-POP 노래에 맞추어 아이돌 그룹 춤을 춘다더니, 돈보스코는 나를 밀치고 초등학교 동창회에 간 듯이 그 여자 동창생과 이야기를 나눌 때, 어이가 없었습니다.

돈보스코와 이야기하는 사진도 몰래 찍어서 사무실에 걸어 놓고 영업을 했다네요. 그 사진을 믿고 중매계약을 했는데 제대로 하지도 않고 돈도 안 돌려준다고 저에게 이야기하는 분도 있었어요.

문턱을 넘는 순간 다시는 돌이킬 수 없는 것도 있겠지만 돈보스코에게 왜 그런 평판 나쁜 여자와 만나느냐고 집요하게 따졌지요.

부부의 사계절

제 손으로 아궁이에 불을 활활 때면서 덥다고 야단하는 격으로 나를 몰아칠 때, 같은 언어를 쓰고 있는 것 같지만 통역이 필요한 듯 불통으로 답답했습니다. 집착은 꽉 붙잡고 있는 고인 물처럼 부패되고 썩을 수밖에 없잖아요. 자연은 봄을 해체해서 여름으로, 또 해체해서 가을로 겨울로 순환을 이루는데 인간은 인위적으로 해체해야 된다잖아요. 우리 집에 꽃을 피우는 것은 천둥이 아니라 보슬비인 것을- 신뢰는 대화의 열쇠라는 믿음으로 저를 해체하는 거죠. 새로워지기 위해서-

2019. 09. 25.

2-5

사랑하고 또 사랑하라

| 여자에게 사랑의 확신이 필요한 이유

> 남편의 사랑이 지극할 때 아내의 소망은 조그마하다.
>
> – 안톤 체홉

Q. 나(아내)는 남편이 어떻게 해주었을 때 사랑한다는 확신을 갖게 됩니까? 그때 나의 느낌은?

A. 제가 폐암 수술로 앞날이 깜깜할 때 그래도 시간은 가더라고요.

수술 전에는 집안 살림을 제가 맡아서 했죠. 파출부를 안 쓰고 힘든 일은 물론이고 가정경제도 적자에 가까운 살림이지만 제가 도맡았죠.

돈보스코가 사그러져 가는 나를 그래도 믿고 있다는 것을 느낄 때 삶의 끈을 놓을 수 없었습니다. 투병하고 있는 상황인데도 제가 살림을 살았지요.

나를 필요로 한다는 느낌이 저한테는 생을 붙잡으려는 불씨 노릇을 한 것입니다. 처박힌 채 죽어가는 느낌이 아니고 얼른 역할을 해야겠다는 작은 의지가 일어나고 있었습니다.

완전할 정도로 느끼게 나를 끌어안고 가려는 남편 돈보스코의 모습이 저에게 감동을 주었습니다.

진한 사랑 속에 머무를 수 있었습니다.

오그라들기만 하던 팔다리가 펴지는 느낌이랄까요.

조금씩 집안일에 참여하기 시작했고 돈보스코는 그런 나를 존중해 주었습니다.

아름다운 구름이 내려와서 감싸주는 듯 행복한 기분이었습니다.

다시 저세상이 아닌 이 세상에 끼어서 사는 떳떳한 든든함이 밀려오더라고요.

요즘은 좋은 파출부 아주머니가 옵니다.

저를 보고 폐암수술하고도 살아있는 사람은 처음 본다면서 정말 수술했느냐고 묻습니다.

이 모든 것은 남편 사랑 속에서만 가능한 일 아닐까요?

A. (남편)

저는 율리아나를 신뢰하고 나 또한 신뢰받고 있다고 느끼는 것이 중요한 것 같아요.

율리아나가 투병할 때 저는 성모님께 매달렸습니다. 세계 가톨릭대학 총장회의가 포르투갈 리스본에서 있을 때 파티마 성모성지에 가서 성모님께 눈물을 흘리며 율리아나를 치유해 달라고 성모님의 전구를 구했습니다. 그때 같이 가셨던 박홍 신부님이 그 모습을 보았던가 봐요. 귀국해서 박 신부님이 율리아나에게 이야기를 해 주었지요. 그때 내가 할 수 있는 일이란 기도밖에 없었거든요. 아마 그런 모습이 율리아나에게 신뢰를 주었던 것이 아닌가 해요.

다음 성지 순례는 파티마에 율리아나와 같이 가서 파티마 성모님께 꼭 감사인사 드리려고 해요. 저는 늘 성모님께서 저의 기도를 전구해 주신다고 믿고 있어요. 제 삶 속에서 그런 체험을 여러 번 했거든요. 배우자를 위해 기도하는 것이 사랑받고 있다는 확신을 심어 주는 확실한 방법이 아닐까요?

2017. 10. 12.

부부의 사계절

| 사랑과 미움

> 사랑의 법 실천하기를 거절하고 싶을 때에도
> 언제나 마음을 활짝 열어 더 깊이 사랑하여라
>
> – J. 갈로

Q. 배우자가 나의 기대나 욕구를 충족시켜 주지 못할 때 나는 어떤 느낌이 듭니까?

A. 산이 높으면 골도 깊다고 하더라고요.

내가 알고 있는 돈보스코와 진짜 돈보스코와는 괴리가 있지 않나 합니다. 알았다고 생각하고 살았는데 다른 모습이 배어 나오는 알 수 없는 모습이 있거든요. 엉뚱한 골대에 공을 몰고 간 것같이 약오르죠. 바람에 창문이 확 닫히면서 와장창 유리가 깨진 듯이 당황하게 되고 화가 납니다.

슬픕니다.

나 자체가 인정 못 받은 못난이처럼 우울해집니다.

순간 남남처럼 따지려 하고, 멀어지는 느낌이 들더라고요.

내가 만든 돈보스코한테 내가 실망하는 것 같아요.

사실 돈보스코는 그렇게밖에 할 수가 없는데 나는 내가 만든 허상에 노여워하고 있는 건 아닌지….

시각장애인인 외손녀의 안내견이, 의자라고 말하면 하면 의자, 과학반이라고 말하면 과학반으로 외손녀를 안내해 간답니다. 음악회도 같이 간다니까요.

외손녀가 자기 분신처럼 생각하고 생활했는데, 부엌에 음식이 가까이 있으니까, 확 달려들어 먹어서 설사를 한다네요. 정해진 음식만 먹여야 되는데.

저의 경우도, 돈보스코는 돈보스코인데 나와 같은 줄 혼자 생각하고 있다가 실망에 빠져 허전했습니다.

기대가 너무 커서 너무 깊은 골에 떨어진 기분입니다.

2018. 03. 24.

| 권태기

생각이 1% 바뀌면 인생은 99% 바뀐다.

– 고코로야 진노스케

Q. 결혼생활의 권태기에서 벗어나기 위해 나는 어떤 노력을 하고 있습니까? 이에 대한 나의 느낌은?

부부의 사계절

A. 사랑의 눈으로 배우자를 늘 새롭게 보게 하소서.

느티나무에 매미가 막 날개를 펴고 맑은 이슬을 마시려 하면서, 사마귀가 뒤에서 몸을 굽혀 먹으려 하는 것을 알지 못합니다. 사마귀는 매미를 먹으려 하면서 참새가 뒤에서 목을 들어 쪼아 먹으려는 것을 모르고, 참새는 사마귀를 먹으려 하면서 어린아이가 새총을 쏘려는 것을 모릅니다. 어린아이는 앞에 깊은 웅덩이가 있고, 뒤에는 굴이 있는 것을 모릅니다.

눈앞의 이익 때문에 배후의 해로움을 돌아보지 못합니다. 곤충뿐만 아니라, 무릇 사람도 그렇다고 합니다.

싱싱하던 생선이 물이 간 것처럼, 돈보스코에게서 시들해지는 느낌이 들 때가 있습니다.

꺼내는 말 모두가, 못~마땅하게 보일 때도 있죠.

지나가는 순간 공사장에서 떨어진 벽돌에 맞은 것처럼 황당하게, 속이 끓을 때가 있습니다.

아수라장 같은 상태에서 일단 멈추고, 그 상태에서 제3의 눈으로, 생각으로, 세계로, 탈출합니다.

큰 숨 쉬고 보면 어렸을 때 이불에 오줌을 싸고 하늘이 무너진 것처럼 당황했던 것처럼 느껴졌지만 좀 지나고 보면 생의 양념일 수도 있는 것을-

제 경우 매일 밤 돈보스코와 한 부부로 사는 것을 감사하는 기도를 드립니다.

이 기도의 힘이 큰 것 같습니다.

눈앞의 이익 때문에, 화 때문에 배후의 해로움을 돌아보지 못해서는 안 될 것 같습니다.

전쟁터 같은 먹이 사슬에 먹히지 않으려면 배후의 해로움을 돌아볼 수 있는, 서로의 버팀목이 되어야 할 것 같아요.

2018. 04. 10.

| 정서적 친밀감

> 다른 사람을 평가한다면 그들은 사랑할 시간이 없다.
>
> – 마더 데레사

Q. 우리 부부의 정서적 친밀감을 높이기 위한 방법에는 무엇이 있습니까? 이때 나의 느낌은?

A. 오늘 임병헌 신부님 강론 말씀 중에, '모든 존재는 선이다'라는 말씀이 있었습니다.

모든 것은 하느님께서 만드신 것이고, 따라서 의미 있다는 것을 에둘러 표현한 것이라고 하셨습니다.

부부의 사계절

돌뿌리 때문에 넘어졌다고, 걸림돌이라고 욕했지만, 지나고 보면 오히려 디딤돌로 의미를 줄 수도 있듯이, 모든 것은 의미와 값이 있다고 하시던데요.

의미나 욕망은 사회적 관계망 속에서 어디에 배치되었는지에 따라 변하기에 유목적이며, 다자간 사건에 따라서도 달라진답니다. 내가 젊은이를 만나면 나는 늙은이지만, 나보다 늙은이를 만나면 나는 젊은이가 되는 것처럼 말입니다.

돈보스코와 저의 삶의 흔적을 보면, 나는 동의하지 않았음에도 억지로 따라 했던 것들이 지금 생각해도 답답하게 느껴질 정도로 거북스러웠습니다.

내가 하고 싶은 것과는 다른데도 그것이 마치 정도인 것처럼 돈보스코 의견대로 끌려갈 때는 꾸러미에 엮여 있는 것처럼 불편하죠.

제가 생각한 정서적 친밀감은, 나와 다른 사고를 하는 남편과 물론 충돌이 일어날 수도 있겠지만, 그 흔들림 속에서 의미가 만들어지고 생명의 에너지가 분출되는 것에 달려 있는 게 아닌가 싶습니다. 분명히 낯선 충돌이 생기를 부여해 주는 것 같아요.

젊고 다양한 삶의 문화의 향을 갖는 ME식구를 만날 때 저는 활력과 힘을 얻습니다.

돈보스코와의 차이 때문에 오는 충돌도 흡수, 융합해서 의미와 값을 만드는 것이 삶의 향기, 예술이 아닌가 싶습니다.

　모든 존재는 선하고 의미와 값을 지닌 것처럼, 저도 자신의 값을 하며, 의미 있는 삶을 살고 싶어요.

2018. 07. 26.

| 사랑은 자기희생

> 사랑이란 자기희생이다.
> 이것은 우연에 의존하지 않는 유일한 행복이다.
>
> ― 톨스토이

Q. 배우자를 위해 내 자신을 희생하며 헌신적으로 사랑했을 때는 언제입니까? 이때 나의 느낌은?

A. Life is C between B and D

　우리는 나서Birth 죽을Death 때까지 누구나 무수한 선택의Choice 기로에 서게 되고 어떤 선택은 우리의 운명까지도 바꾸어 놓는다고 하네요.

　변하지 않으면 나비가 될 수 없고, 변화를 거부하는 이는 나비가 되지 못하고 애벌레로 있는 거래요.

아닌 밤중에 홍두깨라는 식으로 하루아침에 돈보스코가 직장에서 젊은 나이에 쫓겨났습니다.

사실이 믿기지 않았지만, 한 달 만에 남편은 미국으로 떠나가고, 공항에서 돌아서는 제 다리가 울퉁불퉁한 깜깜한 밤길을 걷듯이 휘청거리더라고요.

간신히 돌아와 4명의 아이들을 데리고 살림을 꾸려 나가야 했습니다.

속절없이 빠져드는 슬픔은 나를 어디론가로 견인해 갈 것처럼 두려웠습니다.

아이들을 보면서, 엉겅퀴 줄기처럼 부단히 애를 써 보아도 달걀껍데기처럼 부스러지기만 하는 것같이 한심하기만 했습니다.

제가 불안해하면 4명의 아이들이 더 불안해할 것 같아, 단단히 마음먹고, 노력을 해서 이겨 내야만 했습니다.

이때 너무 경황이 없어서인지, 왠지 몰라도 남편을 원망하지 않았어요. 그 사람도 밤낮없이 회사에 열심히 다닌 걸 저도 알기 때문에 어떻게 해서든지 살아 내려고만 애를 썼습니다.

지금 생각하면 '분리수거'해 버리고 싶은 어려움이었습니다. 힘든 그때, 십자가의 길 제 9처(예수님의 세 번째 넘어지심)에서 발길이 떨어지지 않고 고통에 가슴 졸여야 했던 눈물 콧물의 시련을 견

녀냈네요.

애벌레로 계속 기고 싶지 않아서 참을 수 없는, 힘겨운 내 십자가를 져 보려고 안간힘을 썼습니다.

어려웠지만 우리 부부는 엄동설한에 서로 난로 역을 하지 않았나 자화자찬해 봅니다.

마침 오늘은 남편 돈보스코 영명축일입니다.

돈보스코 성인을 닮고 싶어서 세례명을 찜했다고 합니다.

아이들을 좋아하고 차별하지 않고 자신이 가난한 삶을 살았고 그래서 어려운 사람의 사정을 충분히 이해할 수 있는, 감사할 줄 아는 따뜻한 남편입니다.

삼성꿈장학재단 이사장으로 있을 때는 어려운 곳, 고생하는 아이들 이야기를 듣고 마음앓이를 하는 사람이고, 힘든 곳에 장학금을 주러 다닐 때가 가장 기분 좋았다고 회상하는 돈보스코입니다.

오늘 돈보스코 주보 성인의 날을 맞아 ME가족들이 돈보스코를 위해 더욱 성인 닮아 가는 삶을 살 수 있도록 기도해 주시고, 칭찬해 주시고, 축하해 주셔서 저도 감사를 드립니다.

2018. 01. 31.

부부의 사계절

| 스킨십은 사랑의 묘약

스킨십은 어떤 말보다도 강력한 메시지를 전달한다.

– 사이토 이사무

Q. 배우자가 내게 자주 해주었으면 하고 기대하는 스킨십은 무엇입니까?

A. 제천에서 본당의 날 행사를 했지요. 하늘도 청춘들의 꿈만큼
이나 높고 푸르렀습니다.

단풍도 마감하는 삶을 가장 아름답게 하기 위해 모든 힘을
다해 빛을 내고 있는 듯 찬란했습니다. 물과 산의 경치의 궁합
은 아마 최상이 아닐까 싶게 어우러져 하느님께서 큰 선물을 준
비해 놓으신 듯 절경이었습니다.

우리 부부는 배를 탈 때도, 화장실을 찾을 때도 둘이 힘을 합
해서 실수 없이 하려고 서로 도왔습니다.

손을 잡아 주고 화장실 망도 보아 주고-

어느 분이 우리를 뒤따라오시면서 손에서 쥐가 나겠다며 큰
소리로 웃으며 말했습니다. 분명히 부러워하는 눈치였습니다.

인제 나이가 들고 건강의 굵은 터널을 힘겹게 넘기고 나니
서로 의지하고 잇몸이 되어 주고 보듬어 주는 부부 밀착 경영을

하고 있습니다.

두 사람 사이가 30센티 사이면 연인 사이고 1미터 이상 사이를 두면 공적인 관계라고 하던데 우리는 본의 아니게 30센티 사이를 유지하면서 살고 있습니다. 서로가 길들은 지팡이처럼, 편안한 신발처럼 필요한 관계가 된 것 같아요.

어디든 혼자보다는 같이 가는 것이 안정적입니다.

입가에 음식이 묻어도 서로 신호를 주고, 방석에 앉았다 일어날 때도 서로 잡아 주고, 너무 혼자 독점하듯 이야기를 오래할 때도 눈치를 줄 수 있고, 서로를 물가에 보낸 아이처럼 보살피며 살고 있습니다.

이렇게 죽고 못 사는 듯 엉키어 살고 있습니다.

평생 원수보다는 천생연분이 낫지 않을까요.

착각에는 커트라인이 없다 하니 안심하고 마음대로 생각하며 살래요.

2017. 10. 24.

부부의 사계절

| 늘 서로를 유혹하자

Q. 내가 배우자에게 성적 매력을 느낄 때는 언제이며, 그때 나의 느낌은?

A. 우리처럼 나이가 80쯤 들게 되면 배우자에게 성적 매력이 아니라 인격적 매력이 더 중요한 것 같아요. 산전수전 겪으며 인생을 살아오는 동안 자연스럽게 다듬어지고 몸에 밴 품위랄까 전인적인 인품이 풍기는 향기 같은 것을 느끼게 되는 것 같아요.

오늘 경기도 설악면 돈보스코 친구의 세컨하우스에 다녀왔습니다.

온 산이 제 마음을 빼앗아 갈 듯이 아름다웠습니다.

아름다운 햇볕, 바람, 그리고 의좋은 부부들과 정담을 나누었습니다. 유황 오리 고기도 맛있게 먹었습니다.

행복했습니다.

진한 석양을 남편과 함께 볼 때나 기가 충천한 떠오르는 아침 햇살을 맞을 때도 우리는 밋밋하지 않았고 지루하지도 않았습니다.

아이들의 기쁜 소식도 나와 돈보스코를 생기 나게 해 주었습니다.

마치 수고한 농부가 풍년의 뜰을 바라보듯이 뿌듯합니다.

돈보스코는 제가 몇 년 전에 입었던 옷을 다시 입어도 '당신 이 옷은 언제 산 거야 좋아 보이는데' 하고 말합니다.

이렇게 남편의 탄탄하지 못한 기억력도 저에게는 으쓱함을 줍니다.

씩씩하게 출근길 나서는 남편을 보면 모든 비, 바람을 막아 줄 것 같아 든든합니다.

우리는 신비로운 자연 속에 몰입하면서, 감사하면서 기쁘게 삽니다.

잘생긴 소나무처럼 서로에게 매력을 느낄 수 있도록 서로 다 듬고 가꾸려 합니다.

제가 지금 아파트로 이사 왔을 때 앞에 보이는 경치가 가슴 을 확 트이게 하여 날아갈 듯이 기뻤는데 지금은 잘 쳐다보지도 않습니다. 익숙함이 얼마나 나를 밋밋하게 하는지 놀라울 정도 입니다. 처음 보았던 우리 집의 경치는 나를 가슴 뛰게 했고 신 나게 했었거든요. 같은 경관인데도 제 맘이 변덕을 부린 것 같 아요.

우리 부부 사이도 너무나 익숙하다 못해 제가 파마로 머리 형태를 바꾸어도 눈치 채지 못하거나 어제 하고 똑같은 반찬을 마주하고 기도 또 할 필요 있나 하면서 쳇바퀴 도는 것처럼 느껴진다면 힘이 빠질 것 같아요.

돈보스코가 폐렴으로 27일간 병원에 입원했다 집에 오니 얼마나 좋은지 모릅니다. 잘 서지도 못할 정도로 아파서 힘들어하던 남편이 씩씩하게 다니니 얼마나 대견하고 든든한지-

같은 돈보스코인데도 느낌이 다르더라고요.

인제부터는 돈보스코 안에서 새로움을 찾으려 노~오력하려 합니다.

경험했거든요. 자세히 보니 이제까지 몰랐던 매력이, 처음 느끼는 낯선 매력이 있더라고요.

금광을 캐듯이 몰입해 볼렵니다.

2017. 10. 25.

| 로맨스는 길게, 환멸은 짧게

사랑은 스프와 같다. 처음 한입은 매우 뜨거우나
그 다음부터는 서서히 식어간다.

– 영화「러브 미 포에버」대사 중에서

Q. 나는 환멸의 터널에 들어서면 어떤 방법으로 빠져나오려고 시도합니까?

A. 저는 환멸의 터널에 갇혔을 때 물에 빠져 숨도 못 쉬고, 손도 발도, 닿는 곳이라고는 하나도 없이 허우적대며, 앞이 안 보였던, 죽을 것같이 불안감에 휩싸였을 때가 생각납니다. 빠져나오려고 용을 쓰면 더 깊은 수렁으로 내려갈 것 같았습니다.

이럴 땐 제가 자주 쓰는 방법이 있습니다. 주판을 놓다가 틀리면 탁 털어버리고 다시 시작하듯이, 에스컬레이트 된, 상기된 상태에서, 한 발자국 떨어져 보는 것입니다. 크게 숨을 쉬는 것이죠.

그러다 보면 나를 사랑해서 보내준 선물도 눈에 띄고, 별 볼 일 없는 나를 좋아해 주려고 애쓴 자국이 마음에 들어오거든요.

남의 집 문이 북쪽으로 났느냐, 남쪽으로 났느냐 가지고 싸우는 것처럼 우스운 것 때문에 괴로워한 것을 발견하게 되어 혼자 실소를 합니다.

이렇게 우선으로 해 주었던, 사랑해 보려고 애썼던, 조각들을 모아서 살아 보는 거죠.

그래서 살아 볼 만한 매력이 있는 것 아닌가요?

2017. 10. 09.

부부의 사계절

| 아내에게 돈보다 더 필요한 것

> 돈은 사랑보다 인간을 더 바보로 만든다.
>
> – 글래드스턴

Q. 지금 우리 부부에게 가장 필요한 것은 무엇입니까? 이때 나의 느낌은?

A. 저는 우리 부부, 서로가 제 빛깔로 빛을 발하면서 사는 것이라고 생각합니다.

하늘을 공경하고 땅을 사랑하는 멋, 하늘, 땅을 치환하는 멋을 부리며 그 안에서 일치되어 사는 삶인 것 같아요.

제가 돈보스코한테 딸려 사는 기분일 때는 상쾌하지 않을 것 같고, 그렇다고 아무 데도 통용될 수 없는, 제멋대로 인생을 사는 것도 참멋이라고 하기는 어렵죠.

제가 병원진단을 받고 입원 준비를 위해서 짐을 싸고 있었을 때입니다.

남편이 해외출장 준비로 짐을 싸면서 골프백까지 준비하는 모습을 보면서, 우리 두 사람 사이에 험한 계곡이 가로놓여 있는 듯했고, 멀고도 먼, 깊고도 깊은 골이 숨어 있었구나 하는 심정이 들었습니다. 집안이 갑자기 냉골, 냉장고 속처럼 변해 버린 듯 냉기가 도는 것 같았습니다.

그리고 믿는 도끼에 발이 찍힌 듯, 어딘가가 허해지면서 허둥대게 되고, 엄동설한에 문짝이 안 맞는 집에 앉아 있는 듯, 마음속까지 시려 왔습니다.

제가 입원복을 입고 침대에 실려 수술실로 밀려 들어가는 순간 남편은 급히 출장지에서 도착했고, 저는 소독된 상태라서 멀리서 손짓만 하고는 낯설기 짝이 없는 수술대에 겁에 질려 올라갔지요.

그 후에도 나는 겨울에 살고, 돈보스코는 여름나라에 사는 듯, 온도 차이를 느끼면서, 그냥 지내는 거죠.

어느 날 박홍 신부님 왈-

아! 손 총장님이 출장지의 파티마 성모님 앞에서 얼마나 눈물을 흘리며 율리아나 씨를 위해서 기도하는지 감탄했다면서, 율리아나 씨 무사한 것은 총장님 기도 덕분일 거라고, 잊을 수 없다면서 몇 번이나 연거푸 말씀하셨습니다.

그 말을 들은 저는 내가 소 그림자를 붙들고 밭을 갈려고 한 허망한 삶을 살았구나. 내 남편이 어떤 사람인지도 모르면서, 저에게 섭섭하게 와닿은 겉모습에 붙들려 혼자서 앓이를 한 것이구나 생각했습니다.

돈보스코가 꼭 골프백을 가지고 가야만 했던 해외출장이었다는 점도 이해할 수 있었습니다.

부부의 사계절

빈 콩깍지인 줄 알고 치우려고 보니, 그 속에 알차게 콩알이 꽉 들어찬 것을 보고 흐뭇해했던 순간처럼, 딸만 흔한 친정인데 시집와서 첫 아들을 낳았다는 소리를 들었던 순간처럼 와락 행복에 휩싸지는 기분이었습니다. 나는 얼마나 그림자만 보고 살았는지, 양파처럼 겹겹이 싸여 있는 보물 남편을 찾지 못하고 보낸 세월이 안타까웠습니다.

인제는 꼭 제 느낌을 표현해 보려고 애를 씁니다. 그리고 남편의 마음도, 느낌도 알아보려고 노력하죠.

제 빛깔도 알려 주고, 돈보스코의 빛깔도 꼼꼼히 알려고 합니다.

우리 서로는 유일한 존재, 하느님의 작품이기 때문에 넘겨짚을 수는 없다는 겁니다.

우리는 서로 알리고, 알려고 노력하는 부부로 살아 볼 양입니다.

2017. 11. 23.

| 아내에게 점수 따는 법

Q. 나는 배우자에게 좋은 점수를 따는 방법은 무엇이라고 생각합니까? 이에 대한 나의 느낌은?

A. 맛있는 음식을 제대로 즐기는 방법은, 맛있는 음식에 대해 이야기하면서 먹을 때라고 합니다. 그래야 그 맛이 제대로 난다고 합니다. 사자는 맛있는 것을 먹으면서도, 말할 줄 모릅니다. 오직 인간만이 할 수 있는 것입니다.

요즘 돈보스코와 재미있게 살고 있습니다.

며칠 전부터는 가끔 머리가 핑 도는 것 같다고 엄마한테 말하듯 합니다.

병어를 물을 약간 넣고 쪘더니 아주 맛있게, 뼈까지 느긋하게 요리되어 서로 정말 맛있다며 푸근하게 즐기며 먹었습니다.

그전에는 아침은 5분 만에 후다닥, 서서 물 마시듯이 먹었거

부부의 사계절

든요.

이가 아파 치과에 갈 때도 잇몸이식과 임플란트를 해야 된다며, 저보고 먼저 입원실에 가 있으라고 해서 덩그러니 입원실을 지키고 있는데 내가 환자인 줄 알고 주사를 놓으러 오는 거예요. 이렇게 자폐증 환자처럼, 소통은커녕 급하게 일만 처리하는 사무실 안에서 사는 것처럼, 기계 속에서 돌아가는 것처럼 살았습니다.

서로 사는 이야기를 나누며, 아름다움을 향유하는 고급스러운 삶과는 먼 삶을 살았지요.

사랑은 친밀한 관계를 통해서 이루어지고 사랑하는 사람의 눈 속에 비쳐진 사랑을 통해서 '나'를 안다는데!

아름다운 사랑은 서로에게 에너지로, 서로를 재생시킬 수 있는 힘도 있다잖아요.

원자폭탄만큼 강한 힘!

커플 파워!

돈보스코와 저는 자폐증에서 벗어나, 커플 파워를 발휘해 보려고, 애쓰는 아름다운 삶을 살려고 뒤늦게나마 서로를 밀어 주고 있습니다.

잘 되겠지요?

2018. 02. 23.

| 아내의 잔소리는 위기의 신호

Q. 결혼생활이 위기라고 느껴질 때는 언제이며 이때 나는 배우자를 어떻게 대합니까? 이때 나의 느낌은?

A. 배우자가 미워질 때 잔소리보다는 기도를 할 수 있도록 사랑을 주소서.

부활 축하드립니다.

너무너무 무거워서 모든 게 끝날 것 같은 극한 상황, 그곳이 주님과 함께 일어서는 시점이라는 것을 기억하고, 소멸과 어두움의 고통에서 해방되어 새 생명을 선물로 선사받는 부활의 값에 대하여 신부님께서 강론하셨습니다.

나에게는 숨 막히게 갇혀 있던 통에서 뛰쳐나오게 한 활기찬 희망의 부활 메시지였습니다.

이기적이었던 어린 시절, 사랑을 배우고 조건 없이 주는 것도 배워 보라는 하느님의 마음에 따라, 로맨스라는 콩깍지가 씌어 '내 영혼을 가진' 돈보스코에게 시집을 갔지요.

그리고 콩깍지가 벗겨지면서 폴라로이드 사진이 현상되어 점점 모습을 드러냈고, '이게 아닌데'라는 당혹감에 휩싸여 서쪽에서 해가 뜬다고 알았던 게 아닌가 싶어 나침판이 흔들리듯 혼란스러웠습니다. 부모 형제를 뒤로하고 돈보스코를 따랐는데, 인제는 반대로 나를 떠미는 생각들에 사로잡히게 되더라고요.

콩깍지가 문제가 아니라 나무가 부러지는 소리를 듣는 듯 당황했습니다.

그래도 무심한 세월은 가고, 건조하기 짝이 없는 삶을 살았지요.

청춘에게 청춘을 주기는 너무 아깝다는 말처럼 귀중한 시간을 무례하게 흘려버렸습니다.

이 문이 닫히면 다른 쪽 문이 열린다는 삶의 지혜를 간과한 우를 범한 거죠.

지금 바쁘지만 열심히 하느님이 맺어 주신 '연'을 살아 내려 합니다. 부활의 값을 음미하면서.

2018. 03. 31.

| 아내의 조언

Q. 내가 원하지도 않는데 배우자가 내게 조언이나 도움을 주려 할 때 어떤 느낌이 듭니까?

A. 오늘도 저희 부부가 작은 일이나 큰일이나 마음을 같이하여 해결해 가는 지혜를 주소서.

삶의 기간을 정해 놓고 살면 부수적인 것을 빼 버리고 살 수 있다고 합니다.

앞으로 10년을 산다면 우리 부부는 어떻게 살 것인가? 생각해 봅니다.

돈보스코는 '그 옷 말고 다른 것을 입을 수는 없어?' 현관에 나가려고 선 나에게 얼굴을 찌푸립니다.

어리둥절하게 됩니다. 선보러 갔다 퇴짜 맞은 듯 마음에 생채기가 남습니다.

제가 하려는 일을 반대할 때도 답답합니다. 가는 길을 막아선 듯이 속상합니다.

부부의 사계절

100% 확신할 수 없지만 힘을 다해 노력해 보려고 애쓰는데 훼방꾼을 만난 듯 분합니다.

생각해 보면 남편도 내가 잘 보이게 하고 싶어서 옷 입는 것을 간섭하는 건데 귀찮은 사람으로 취급한 건 아닌지?

염려되어서 걱정하는 것을 훈수꾼으로 여긴 건 아닌지?

무한대로 살 수 있는 것도 아닌데 사랑의 표현방식이 좀 어색해도 좋게 받아들여야 하는 거 아닐까?

작은 일이나 큰일이나 마음을 같이하여, 해결하는 지혜를 얻도록 매일 매일 부단히 노력하는 자만이 행복을 누릴 자격이 있는 건 아닌지요?

2018. 03. 27.

| 로맨스의 회복

우리는 해변에서 예쁜 조개를 모두 주울 수 없다.
우리는 몇 개만 주울 수 있으며 그 몇 개가 조금이기 때문에 더 예쁘다.

– 앤 모로 린드버그

Q. 우리 부부의 로맨스 회복을 위해서 나는 무엇을 하고 싶습니까? 이에

대한 나의 느낌은?

A. 우리는 배우자가 겉으로 보이는 아름다운 속성을 지니고 있어서가 아니라, 나의 주관적 판단에 의해서 아름답게도, 추하게도 느낀다고 합니다.

우리는 최고로 활성화된 로맨스 상태에서 쾌감, 즉 충만함과 힘의 상승감을 느낍니다.

하늘의 별도 딸 수 있을 것 같고, 배우자도 더 예쁘게, 멋지게 부풀려 보일 수도 있습니다. 배우자를 위해서는 뭉개져도 포도가 술이 되는 것처럼 좋은 기분이 듭니다. 바로 로맨스를 겪고 있는 것이죠.

정신 차리고 나면 파괴, 뭉개지는 것은 부활하기 위해서 감당해야 할 고통임을 알게 됩니다.

고뇌의 승화가 삶을 고양시킨다고 합니다.

로맨스의 힘이 아니면, 스파링 파트너처럼 달라붙는 고통을 해치울 수 있었겠습니까?

로맨스를 회복하기 위해서, 저는 51년 전 돈보스코와 문간방 얻어 살던 돈암동 그 집, 억세게 살아 냈던 화곡동 그 집을 돈보스코와 함께 여행하고 싶어요.

보관하고 있는 신혼여행 때 입었던 옷 쳐다보는 기분도 좋지만 한 쪽 팔이라도 끼워봐야지─

갈대밭에서 둥근 달 떠오르는 신비함을 보면서 둘이서 가슴 벅차게 기뻐하며 즐거웠던 순간을 생각하면, 고단한 일들이 사그라지더라고요.

스파링 파트너같이 고통이 닥쳐도, 스파링 파트너를 통해서 내 힘 키우고 치열하게 살아 보려구요.

부부의 힘Couple power은 원자폭탄보다 힘이 세다고 하지 않았나요!!!

2019. 10. 20.

| 사랑의 탱크

관계가 힘이 들 때 사랑을 선택하라.

– 헨리 나우헨

Q. 내 안에 사랑의 탱크가 비워지면 나는 어떤 느낌들이 들며, 이때 나는 어떻게 행동하게 됩니까?

A. 사랑은 관념적인 힘, 마음의, 감정의 힘 에너지이기 때문에 표현하기 어려운 것 같습니다. 양파껍질처럼 켜켜이 쌓여 있는

껍질을 깔 때 비로소 사랑의 자유 에너지가 발산될 수 있는 것 같아요.

우리는 사회에 적응하기 위한 나, 상대방의 비위를 맞추기 위한 나, 포장된 나, 위장된 나로 살면서 나를 잃어버리고 살기가 다반사입니다.

이렇게 인위적인 나를 무위자연의 나로 되돌리기는 무척 힘이 들죠.

사실 나는 이원적인 구조로 사회를 이해해 왔기 때문에, 들숨과 날숨, 밤과 낮처럼 둘로 나누어 인지하는 것이 대부분입니다. 그렇지 않고 큰 하나로, 순환의 관계, 상생의 관계로 느껴야 하는데 그를 위해서는 처절한 노력이 필요하겠지요.

빈 지갑을 들여다보듯이 사랑의 탱크가 비워지면 허한 느낌이죠. 초라해지는 느낌도 들구요.

돈보스코가 무심하게 안방의 장롱처럼 나를 보고, 딴 일에 열을 올릴 때, 내가 해야 할 집안일이 괜히 더 고단하게 느껴지고 어깨가 천 근처럼 무겁습니다. 부부가 둘이 아니라 한 몸으로 서로를 깊이 섬세하게 이해하며 살기에는 치열한 노력이 필요한 것 같아요. 사랑은 거저 얻어지는 것이 결코 아닙니다. 사랑은 대단한 결심입니다.

2019. 10. 27.

부부의 사계절

| 배우자에게 적응하려는 용기

Q. 살면서 내가 배우자에게 새롭게 적응하기로 용기를 가지고 선택한 적이 있습니까? 이때 나는 어떤 느낌을 갖습니까?

A. 들러리였던 잎사귀들이 노랗게, 붉게 물들어 집단적인 잎사귀 시위를 하는 것 같아요. 단풍들은 현재의 자신을 고집하지 않고, 기후 환경의 변화에 적응하기 위해 과감하게 자신을 변화시키고 있는 용기 때문에 오히려 낯선 숭고를 선사하는 것 같아요.

돈보스코와 긴 세월(51년 넘어) 함께 살고 있습니다.

어떤 때는 끈끈이에 달라붙는 곤충처럼 야속하고, 애태웠던 불쾌한 상황이 덮쳐 올 때도 수없이 많았지요.

처음 만나 비원에서 데이트를 했는데, 연신 공중화장실을 찾아 들락거리는 거예요.

그래도 밉게 보이지 않고 혼자 공원 벤치에 앉아서 기다렸습니다. 하나도 흉으로 보이지 않더라고요.

아마도 하느님께서 눈에 콩깍지를 끼워 주셨던 것 같아요.

오십여 년이 지난 요즘 나를 무시하고 약속을 겹치기로 해서 나의 치과 약속을 황급히 바꾸게 해도, 그리고 여전히 미사 중에 화장실로 쫓아 나갈 때도 주책으로 받아들이지 않고 도와주고 싶어지고, 그냥 괜찮아졌어요.

ME에서 여러 부부님들의 다양한 삶을 옆에서 보고 자극을 받은 덕인 것 같아요. 알게 모르게 ME물이 든 것이지요.

불을 피울 때 좋은 불쏘시개를 사용해야 불이 잘 붙듯이, 우리 부부의 행복을, 사랑을 피우는 것도 즐거웠던 기억을 불쏘시개처럼 태워, 몰입할 때 더 사랑하고 싶어질 것 같아요.

잎사귀처럼 들러리로 살다가 고운 단풍으로 갈아입은 지금, 빛깔로 승부를 걸지 않고, 인제는 과감하게 나를 순응, 적응시키는 용기를 선택하는 쪽으로 마음이 기울어졌죠.

둘이 삼각경기를 하듯 서로의 발을 묶어서 뛰어도 돌뿌리에 걸려 비틀거리지 않게 조심할 것 같아요.

붉은 단풍 잎사귀로 레드 카펫을 깔면서 같이 걸어가면 어떨까요?

2019. 11. 28.

part 3

행복의 문을 향해

함께 걸으며

| 행복은 스스로가 채워 가는 내적 만족감

> 어리석은 사람은 행복이 어딘가 먼 곳에 있다고 믿는다.
> 현명한 사람은 행복을 자신의 발밑에 키운다.
>
> – 제임스 오펜하임

Q. 당신의 결혼생활이 행복하다고 느꼈을 때는 언제입니까? 그때 느낌을 구체적으로 묘사해 본다면?

A. 동양화의 여백은 무Nothing가 아니라 보이지 않으면서 근원이 되는 만물을 생성시키는 원기랍니다. 빈 공간이 있기 때문에 물질적인 공간이 정상으로 작동된다고 하더라고요.

우리 부부는 현대의 디지털 유목민Nomad이 아닌, 생각은 옛날 씨족사회에서 머물면서 초현대적인 삶을 살고 있는 것 같아요.

6, 70년대는 직장을 옮기는 것이 스트레스 상위권에 들 때입니다.

돈보스코는 전경련, 삼성, 늦은 나이의 유학, 생산성본부, 증권회사, 다시 전경련, 대학총장, KBS이사장, 다시 삼성 등등- 다양하게 직업을 옮겨 왔어요. 스트레스의 연속이었지요.

지금도 암반을 뚫고 서 있는 소나무, 훌쩍 자라지 못하고 이

부부의 사계절

리저리 휘어져 자라는 소나무를 보면 내 남편처럼 고생 많이 했겠구나 싶어요.

저도 덩달아 엉겅퀴처럼 그 줄기를 따라 삶을 꾸려야 했지요.

독립성이나 나의 창문을 열어 볼 수도 없이 숨 가쁘게 온 것 같아요.

결혼생활이 행복하다고 느낄 수 있을 때를 위해서 멍에를 메고 밭을 가는 소처럼 묵묵히 살았던 것 같아요.

벌써 고령이라고 사회의 문제의 세대로 분류되는 나이인데도 아직 못 찾은 결혼생활의 행복을 향해 해바라기처럼 고개를 돌려 보는 중입니다.

씁쓸한 마음도 들지만 정신 차려 보니, 내 삶을 관조해 보니, 매 순간이 행복이었는데, 아픔까지도 지금 와 생각하니 이유 있음이었는데, 미처 몰랐습니다.

나의 몫을 어거지로 주장하고 다니지 않아도 여백으로, 빈 공간처럼 있었기에, 물질적 공간이 정상적으로 작동해 가지 않았나 자위를 해 봅니다.

감사하라, 감사하라, 매사에 감사하라, 하신 말씀처럼 모든 것이 감사로움 뿐이었는데,

나는 진짜 바보 같아요.

2018. 07. 04.

| 행복의 문

Q. 나의 결혼생활이 다른 부부와 별반 다르지 않고 평범하다는 사실을 깨닫게 되었을 때는 언제이며, 그때의 나의 느낌은 어떠했습니까?

A. 대장균 같은 단세포와, 복잡합의 극치라 할 수 있는 사람의 유전자 구성 물질이 동일하다는 것, 유전자 정보, 암호가 동일하고, 신진대사의 원리, 자손의 복제 원리도 같은 범주 안에 속한다는 글을 읽고 너무 놀라웠습니다.

월등한 것이 사람이고 다른 것은 미물들이라고 차별하는 것은 이상한 일도 아니라고 생각했었거든요.

배부른 새댁이 출근하는 샐러리맨 남편을 골목 길 안 보일 때까지 배웅하고 행복한 얼굴로 반지하 집으로 향하는 모습이 눈에 선합니다.

저도 한옥 문간방에서부터 신혼생활을 시작했습니다.

임신을 해도 고기 먹기가 그렇게 쉽지 않았고 영양부족으로

부부의 사계절

제 얼굴엔 기미가 까맣게 끼어 있었습니다. 동창모임은 언감생심 갈 엄두도 못 내고 살았죠.

그때는 '영치기영차' 하면서 앞에서 끌고 뒤에서 미는 정신으로 하늘 볼 새도 없이 살았습니다.

일주일에 한 번씩은 꼭 다니던 목욕탕을 갈 수 없는 것이 습관화되는 데는 시간이 걸렸었습니다.

그러면서도 남들과 온도차로 결로현상이 생긴다거나 가난으로 얼룩진 삶이라고 심각하게 생각하지 않고 살아 냈습니다.

이런 기본적인 걱정을 졸업할 때쯤, '나.' 내가 어디 갔나, 내가 있기나 한 건가 하는 생각이 들면서 불만이 생기고 두통처럼 고통이 오더라고요. 함께 물아일체처럼 살 때는 행복이 들어오는 문이 있었는데 불안이 나를 지배하기 시작했습니다.

하다못해 단세포도 신비의 경지에서 환경에 적응하고 변화하는데, 제가 주저앉아서는 결코 안 되죠. 그러면서 ME를 했고, 그 분위기에서 소생하고 있습니다. 그리고 하느님께서 보내 주신 미물까지도 소중하게 생각하기로 마음을 넓혔습니다.

가슴이 탁 트이는 기분입니다.

남편 돈보스코와 더할 나위 없이 알콩달콩 청실홍실 엮어 내려 합니다.

2017. 10. 31.

| 휴식과 대화

> 사랑은 눈으로 보지 않고 마음으로 본다.
>
> – 세익스피어

Q. 배우자가 퇴근을 하면 나는 상대방에게 어떠한 배려를 하고 있습니까? 이때 나의 느낌은?

A. 우리는 꺼트리면 안 되는 불, 늘 박동이 뛰게 해야 할 불이 있습니다.

'가슴속 불'입니다.

그때의 로맨스, 하얀 웨딩드레스를 입고 하객의 축하를 받으며 행복해하던 그때의 그 불-

돈보스코는 퇴근해 옷을 벗으면 벌써 몸은 자기 방 쪽을 향해 있습니다.

면회하고 돌아서야 하듯이 짧은 시간을 붙들기 위해서 복잡하지 않은 쉬운 말을 건네 봅니다.

춥지 않았수? 미세 먼지는 어때요? 즐~거웠어요? 하면 벌써 두 발짝 정도는 자기 방 쪽으로 발걸음을 떼어 놓았어요.

도전의 결승선 앞에서 무릎을 안 꿇고, 이런 저런 이야기를 펼칩니다. 제가 말하면, 돈보스코는 종종 딴청을 부리기도 하고, 쓸데없는 소리는 왜 하느냐며 핀잔을 주기도 합니다. 자기도 들어 보면 별것 같지 않은 전화는 하면서 말입니다.

내가 이렇게까지 할 이유는 뭘까 하는 의구심, 이성이 나를 막고 나설 때도 물론 있습니다.

이 집이 함께 사는 집인지, 아니면 쓰레기를 치우는 아주머니 취급을 받으며 살아가는 건지?

이렇게 손가락에 가시 찔린 것만큼만 아픔이 있어도 참아야지요. 어떤 아픔이라도 정확한 진단을 내릴 수 있으면, 치료는 가능하다고 하더라고요.

아픔이 아픔으로 끝나지 않고, 길잡이일 수도 있는 것 같아요.

우리 부부는 대화의 패턴 때문에 내가 남편의 등에 대고 말하고 있는 듯한 소외감, 외로움을 느끼고 있는 것입니다. 때로는 거세게 압박해 올 때도 있죠.

이럴 때도 가슴 속 불을 일구어 내렵니다.

단칼에 베는 것이 아니라, 상황에 맞춰 탄력적으로 쓸모를 바꾸는 맥가이버의 칼로 살아 보려구요.

2018. 01. 19.

| 휴식은 삶의 오아시스

휴식의 참된 진미는 열심히 노력하는 사람만이 안다.

– 존 포드

Q. 이번 추석 연휴기간 동안 휴식을 취하면서 내가 느낀점은 무엇입니까?

A. 이제까지 짜인 틀에서 기계처럼 생활했다면 기계 아니게 살아 보는 것이 휴식인 것 같아요.

이번에는 큰아이 내외가 효도하듯이 관광을 함께하자 해서 생각 없이 얹혀서 길을 떠났습니다.

호족과 웅족이 이종교배 원칙을 위반하고 무조건 결혼해서 한집살림을 시작한 애들을 보듯이, 강 건너 불 보듯이 속수무책으로 세월이 간 것 같습니다.

이번에 아주 가깝게 아들부부와 2박3일을 생활하면서 뿌듯했습니다.

다름 때문에 두 가지를 흡수할 수 있는 삶이 되는 것이지 이종교배라고 겁낼 것이 아니더라고요.

하느님께서 아들내외를 조화를 잘 이루어 가는 걸작품으로 가꾸고 계시더라고요.

부부의 사계절

딱딱한 제 마음에도 윤활유가 발라진 듯 부드러워졌습니다.

이렇게 저를 기분 나게 해준 시간들이 고마웠습니다.

휴식 덕분 아닐까요?

2017. 10. 06.

| 황혼의 위기

Q. 우리 부부는 평소 정서적인 교감을 충분히 나누며 살고 있습니까? 그
렇지 못하다면 그 이유는 무엇 때문입니까?

A. 저는 제가 선택해서 결혼한 사람이 있습니다.

실제의 돈보스코가 아니고 내 상상 속의 남자 돈보스코가 그
분입니다.

결혼이라는 길을 맨몸으로 떠나면서 부딪친 무수한 일들이
있었지요.

4명의 연년생 아이들을 품고 가기가 만만치 않았습니다.

감기가 돌아도 4명 모두 돌림병처럼 앓고 대학 입시도 연달
아 치러야 했습니다. 아이들 결혼도 마찬가지로 혼돈 속에서 치
른 것 같아요.

지게에 짐을 지고 힘에 부쳐 일어서려고 버둥거리듯 살았죠.

남편은 내가 생각하는 사람과 영 다른 그냥 집에 들락거리는 하숙생이었습니다.

내가 그리던 그 사람이 아니더라고요. 영 공감은커녕 어깃장을 놓듯이 힘 빠지게 하더라고요.

노인들이 TV에 나와서 평생 원수가 남편이라고 말하는 코미디처럼- 제가 저를 ME 교육체험 이후에 들여다보기 시작했습니다. 남편이 밖에 나서면 7명의 적과 싸워야 한답니다. 그렇게 애를 써야 현대사회를 살아갈 수 있다는 말이 생각났습니다.

나도 집에서 하는 일이 힘겹고 보따리를 혼자 들고 가듯이 외로웠지만, 나가서 정신없이 몰입해서 일하는 남편을 생각하면 나도 주신 달란트를 힘껏 쏟아서 도움이 되어야 하지 않을까 하는 생각이 들었습니다. 그리고 인생에 있어서 실수가 있었던 것 같고 후회로 남았던 것도 지나고 보면 하느님의 섭리였다는 걸 알게 하는 위로의 순간이 오더라고요.

돈보스코가 40대에 직장을 잃지 않았다면 어떻게 미국에서 공부할 수 있었겠으며, 전경련에서 쫓겨나지 않으면 서강대 총장을 했겠나 싶습니다.

모든 것을 선으로 이끄시는 하느님이 계심을 성령을 통해 느끼면서 살려고 노~오력합니다.

2017. 05. 22.

부부의 사계절

| 홀로서기를 준비하라

세상에는 크고 작은 길들이 너무 많다
그러나 마지막 한 걸음은 혼자서 가야 한다.

– 헤르만 헤세

Q. 지금 내가 홀로서기를 해야 한다고 가정했을 때 내가 배우고 익혀야 할 점들은 무엇입니까?

A. 나는 가부장적이고 암탉이 울면 집안이 망한다고 하는 세대에 살았습니다.

인제 와서 전쟁터에 나가야 한다면 맨몸으로 던져지는 듯이 기막힐 정도로 불안합니다.

우리 집의 도우미 아주머니는 대기업의 중역 부인이었는데 남편이 빚보증을 서서 하루아침에 신세가 바뀐 분입니다. 저는 그분만큼이라도 용기가 있을까 싶고 겁이 납니다.

경제적으로는 우선 절약하는 것, 정서적으로는 거푸집이 아닌 실제의 나를 인식하는 것이 큰 숙제일 것 같습니다.

그럼 나는 누구인가? 이렇게 허수아비였나? 줄 타고 올라가는 나팔꽃이었나, 줄이 끊어져서 나동그라진 거추장스럽기만

한 것이 나인가?

영 내놓을 것이 마땅치 않습니다.

아하! 절대적으로 불변하신 하느님 아버지를 의지하는 믿음의 근육이라도 단련하도록 노력해 보면 외로움, 허탈함을 뺄 수 있지 않을까.

지금 이 순간이 내 인생의 최고의 순간임을 감사하고 투정 줄이고 행복을 만끽하려 합니다.

지금을 놓치지 않게 되돌림 받은 선물을 받은 듯 충만한 기분입니다.

2017. 03. 02.

| 성공한 결혼생활

> 행복한 결혼생활에서 중요한 것은 서로 얼마나 잘 맞는가보다
> 다른 점을 어떻게 극복해 나가는가이다.
>
> – 톨스토이

Q. 내가 배우자에게 맞추기 어려운 점은 무엇입니까?

부부의 사계절

A. 우리 부부는 오랜 세월 함께 항해를 해 왔습니다.

4명의 아이를 기르는 동호인으로 산 시간이 거의 태반이고 지금도 분양(결혼은 시켰지만)은 했지만 깔끔할 수만은 없어 관심을 기울여야 하는 때가 종종 닥칩니다.

그래도 나름 인제는 우리 둘이 빈 둥지를 지키고 있죠.

자연스레 눈 갈 곳, 내 나머지 에너지가 쏠리는 이는 바로 동호인을 면해 보려는 내 남편 돈보스코입니다.

그런데 왜 그렇게도 돈보스코와 시차가 있는지.

두 발 묶고 삼각 경기를 해야 하는데 내가 발을 들면 그 사람은 놓고 내가 발을 내려놓으면 내 발을 끌어당기듯 영 맞지를 않는 거예요.

남들은 저만큼 발맞춰 가는데 엇박자에 시달리느라 제자리를 뱅뱅 도는 답답함이 있습니다.

양재천을 걸으려 나가는데도 바지는 어디 있느냐 묻고 윗도리도 이상하게 입고는 선글라스는 꼭 써야 하는 남편-

망건 갓 쓰다 장 파한다고 출발하기도 전에 기분이 상합니다.

집안일도 좀 도와주면 좋으련만 '벌써 당신이 다 했어 급해 급해' 하면서 여유를 누리는 남편을 보면 속이 터지죠.

생각을 해 봅니다.

아마도 나에게 맞춰 주지 않는 남편을 야속하게 생각하는 게 아닌가.

내 어린 시절 대가족의 맏딸로 자라면서 내 의견을 우선으로 했던 나와 막내로 자란 남편의 자기만 챙기는 습관이 충돌하는 게 아닌가?

결혼생활은 내 어린 시절의 연장이 되어선 안 되고 부부가 둘이 하나 되는 용광로의 변화를 거쳐야 되는데 옛날의 나를 고집한 것이 화근의 도화선이 된 것 아닌지 반성해 봅니다.

전적으로 돈보스코에게만 채무가 있는 것은 아닌 것 같았습니다. 조여 오던 가슴이 좀 느긋해졌습니다. 밖의 유난히 맑은 시야가 눈에 들어옵니다.

역시 돈보스코는 괜찮은 면이 있는 사람입니다.

오늘도 동호인 아닌 결혼한 배우자로 새 출발하렵니다.

2017. 06. 12.

| 백년해로

성공적인 결혼생활을 하려면 몇 번이고 사랑에 빠져야 한다.
늘 같은 사람과.

― 미뇽 매클로플린

부부의 사계절

Q. 행복한 결혼생활을 위한 비결 세 가지를 꼽는다면 무엇이 있습니까?
이에 대한 나의 느낌은?

A. 한 해가 다 갔습니다.

편안한 한 해이기를 바라고 시작했었는데….

가장 아름다운 건 청춘이랍니다.

애석하게도 그때는 모르고 젊음을 허비했다는 후회가 남습니다.

지금은 어떤 순간일까 생각해 봅니다.

정년퇴직, 생전 장례식마저 끝내고 발가벗겨진 기분이었습니다. 비감하고 섬뜩한 현실을 누르고 시골의 98세 어머님을 뵈니, 어머니 말씀이 '한창 때다' 하십니다.

생각해 보면 젊음을 낭비한 것처럼, 또 지금 역시 얼마나 소중한 때인지 잘 모르고 허비하고 있는 건 아닌지?

신부님께서 성탄 팔부축제 동안 기쁘게 생활해야 한다고, 미워하는 것은 어둠의 생활이라고 말씀하셨습니다.

돈보스코는 제가 베개를 바꾸고 싶어서 인터넷에서 찾으면, 괜찮은데 왜 바꾸려 하느냐며, 반대를 합니다. 당신 속옷 셔츠스를 사자고 해도 먼저 필요 없다고 막습니다.

답답하죠, 밉죠, 심술꾸러기하고 같이 있는 것처럼 힘들어요.

나이 들어 서로 거들어 주어도 쉽지 않은데 거꾸로 드잡이하느라고 힘겹습니다.

어둠에서 빨리 빛으로 나오도록 노력해야 밝은 생활을 할 수 있는데 그건 어디까지나 여러분 선택에 달려 있다고 신부님께서 말씀하셨거든요.

나한테 직접 미운 짓 한 것이나, 내 편이 아니라고, 나보다 조금 잘났다고 비위 상하고, 열등감, 시기, 질투를 느끼다 보면 미움이 누구에게나 올 수 있다고 하셨습니다.

저도 덧없는 것에 대한 집착과 상실감으로 스스로 행복을 걷어차고 있는 어리석은 짓을 선택하고 있지는 않는지? 생각해 보게 됩니다.

A. (남편)

저희 부부도 내년이면 결혼 50주년이 됩니다. 백년해로의 반을 산 셈이군요. 그동안 우리의 결혼 생활은 우여곡절도 많았지요. 나의 실직과 율리아나의 폐암수술 같은 험난한 산을 넘어야 했는가 하면 2남2녀의 자식들의 출생과 결혼 등 기쁨에 넘쳤던 시간도 있었지요. 그 사이 사이에 크고 작은 갈등들도 많았지요. 격렬한 부부싸움도 서로 비난하며 남남처럼 거리를 두었을 때도 있었지요. 거친 파도와 천둥번개가 몰아치는 험악한 태풍의 공포가 지나가고 나면 잔잔해진 바다 위에 찬란한 태양이 떠올라 비출 때처럼 마음에 평화와 행복이 가득한 순간도 있었

부부의 사계절

지요. 결혼 25주년 때는 뉴욕 럿커스대학에서 열렸던 미국 ME 25주년 대회를 마치고 캐나다 밴쿠버에서 시작해서 캐나디안 록키산맥을 따라가며 멋진 여행을 즐겼지요.

또 25년을 지나 이렇게 50주년을 건강하고 행복하게 맞이할 수 있게 된 것은 오로지 주님 은총이라고 생각합니다. 우리가 ME주말을 다녀와서 ME가치관대로 살아가려고 노력한 덕분인 것 같아요. 주님이 우리 사이에 계시지 않았더라면 어떻게 되었을까? 아찔한 느낌이 듭니다. 우리 ME에서 가르치는 '대(대화).성(성생활).기(기도).공(공동체)'이 가장 좋은 비결 같아요. 저는 ME주말 이후 그전의 나와 다른 사람으로 변하려고 노력했지요. 요즘도 율리아나에게는 못마땅한 고집을 부릴 때도 있지만 제가 순한 양처럼 변했다고 생각해요. 미국의 백년해로한 노부부가 실천한 비결도 결국 ME에서 다 가르친 것이더라고요. 내년에는 50주년 결혼기념으로 파티마와 스페인 성지순례를 다녀올 계획을 세우고 있답니다. 앞으로 우리 성당 ME공동체 안에서 서로 사랑을 나누며 살아간다면 백년해로를 할 수 있을 것으로 믿어요. 제발 우리 부부를 늙은 고목 가지라고 쳐내지 않기만을 바랄 뿐이에요.

2017. 12. 30.

| 부부는 서로에게 선물

> 사랑은 오직 사랑을 선물할 뿐이다.
> 사랑만이 그 대가로 받을 수 있는 유일한 것이다.
>
> – 그라시안

Q. 나는 우리 부부의 일치를 이루기 위해 어떤 노력을 하고 있습니까? 이에 대한 나의 느낌은?

A. 몰입은 대상과 접화하여 아름다움을 낳지만, 집착은 대상과 동일시하여 추함을 낳는다고 합니다. 자신이 아닌 것과 자신을 일치시키는 동일시, 자신이 아닌 것에서 자신을 찾으려 하는 욕구를 사랑으로 오해하는 위험이 있다고 합니다.

돈보스코는 며느리를 대할 때, 합당하지 않은 것은 말을 해주어야 할 텐데, 그냥 다 들어주고는 합니다.

나는 못마땅합니다.

왜 그럴까? 답답합니다.

내가 열심히 잘하고 있는 일에 돈보스코가 느닷없이 간섭할 때도 일이 거꾸로 갈 것처럼 어이가 없고, 왜 돈보스코는 저럴까 콱 막히는 기분입니다.

부부의 사계절

제가 저를 돈보스코와 동일시하며, 왜 나처럼 안 할까 하는 망상 때문에 속상한 거죠.

이때 제가 부부일치를 이루기 위해서 하는 노력은, 복잡해진 컴퓨터 전원 코드를 뽑아버리듯이, 의식 전원 코드를 뽑아 무아의 상태, 몰라 몰라 방법을 쓰는 것입니다.

화가 치밀었던 일이 시간이 지나면, 알고 보니 별것도 아닌 것이었을 수도 있고, 틈새를 찾아서 여유를 느끼고 편안함을 되찾을 수 있습니다.

그래야 지금 순간을 살 수 있는 것 같습니다.

자산 중에 가장 귀중한 이 순간을 잘 살아 보려구요.

2019. 02. 25.

| 우리는 세상을 변화시킬 수 있다

> 우리는 현대의 사도들로서 ME를 통해 사도행전을 쓰고 있다.
>
> – 마진학 도널드 신부

Q. ME 만남의 집을 축성할 때 어떤 느낌이 들었습니까?

A. 어린애가 강아지가 따라오면 겁이 나서 엄마한테 쫓아와 엄마 손을 잡고는 안심하고 따라온 강아지를 '저리 가' 하면서 발길질하잖아요.

어제 추기경님을 모시고 새 ME 만남의 집 축성식을 여러 신부님들과 함께 거행했습니다.

20년 전 저희 부부가 ME 전국대표 시절에 모금을 해 마련한 논현동 건물을 25억에 팔고 등촌동에 27억짜리 건물을 마련하여 새 단장을 곱게 해서 입주식을 했습니다.

앞으로 이 집에서 이루어질 ME 주말교육을 통해 이 세상에 복음을 전하는 현대의 사도들이 많이 탄생되어 이 세상을 사랑이 넘치는 세상으로 변화시켜줄 것을 기도했습니다.

김수환 추기경님으로 부터 'ME 만남의 집'을 마련한 공로패를 받았다. (1994. 3. 5)

부부의 사계절

1977년 우리나라 ME 제1차 주말교육을 수강하고, 3차 주말 교육부터 저희 부부가 발표팀 부부로 봉사를 시작했습니다. 어느덧 40여 년을 ME라는 특별한 문화의 덕을 보면서 세월이 유수처럼 흘렸습니다.

부부의 삶도 업 앤 다운의 사이클을 그리며 경제, 역사, 사회의식에 따라 변천해 온 것 같습니다. 유행 따라 기러기 부부로도 살아 보았고, 길거리에 내밀려 빵 장사도 해 보고, 남편도 나를 마중하러 공항에 나왔다가 출세한 후배가 부하들을 거느리고 왁자지껄 나오는데 화들짝 놀라서 기둥 뒤로 숨기도 했던, 여러 가지 무늬의 삶을 살아 냈습니다.

우리가 ME를 수강하고, 팀 부부로 동네 sharing을 하면서, 저축해 놓은 힘은 정말 원자폭탄 같은 위력이 있지 않나 싶어요.

그 감정 은행에 저축한 통장 덕에 미약한 우리 부부가 무너지지 않고 버틸 수 있지 않았나, 하는 생각이 새 ME 만남의 집 축성 미사 중에 주마등처럼 머리를 스쳐가더라고요.

어린이가 엄마 손을 잡으면 겁내던 강아지에게도 발길질하듯이, 신앙 안에서, 혼인성사 안에서 그 힘이 분명히 발휘되는 것이 확실합니다.

감기를 앓는 중이라서 축성 미사에 갈 수 있을지 걱정되었지만, 정 힘들면 집에 오기로 하고 갔는데, 몸과 마음이 새털처럼 가볍고, 기분도 상쾌했습니다.

그리고 추억과 값진 ME 문화를 접할 수 있어서 횡재를 한 기분입니다.

저희도 기본적인 생활이 있는데 ME를 하나 더 덧붙이니 복잡해지더라고요.

그래도 봄 여름 가을 겨울을 버텨 내는 데는 저희 부부의 경우 이보다 더 피가 되고 살이 될 수 있는 다른 것을 찾기는 쉽지 않을 것 같습니다.

제가 너무 장황했나요?

2017. 12. 28.

부부의 사계절

1. ME

월드와이드매리지엔카운터World Wide Marrage Encounter를 줄여서 ME라고 한다.

2. ME 역사

ME운동은 부부일치 운동으로서 1962년 스페인 가브리엘 칼보Calvo 신부님이 처음 고안한 부부들을 위한 주말 교육 프로그램이다. 칼보 신부님은 문제아동들을 돌보는 일을 하다가 끊임없이 나오는 문제아동들을 보면서 "문제부모(가정)에서 문제아동이 나온다"는 사실을 알고 부모들을 위한 교육프로그램을 만들었다. 원만한 부부관계를 위해서는 결혼(혼인성사)의 참된 의미를 깨닫고 부부간 대화의 기법을 향상시키는 것이 중요하다고 생각했다. 이 점에 착안하여 2박3일의 주말교육프로그램을 만들었다.

이 운동이 1966년 베네주엘라 카라카스에서 첫 주말 교육으로 실시되어 중남미 라틴아메리카로 보급되었고 다시 미국으로 보급되었다. 1967년 8월 미국 뉴욕 노틀담 대학에서 첫 주말이 실시됐다. 이 주말에 참여했던 척 갤러거 예수회 신부님이 노틀담 대학 교수들과 협력하여 보다 정교한 교육프로그램으로 완성하였다. 그의 지도 아래 ME는 1968년 월드와이드매리지엔카운터로 결성되어 60년대 후반부터 미국교회 내에서 활기찬 운동이 됐다.

이 ME운동이 미주, 유럽, 아프리카, 오세아니아, 아시아 등 6대주 100여 개국에 세계적 부부일치운동으로 확대 보급되었다. 아시아지역은 한국을 비롯하여 12개국에 보급되어 있다.

3. 한국ME

한국ME는 미국 메리놀회 마진학 도날드 신부가 처음으로 도입했다. 1976년 2월 여러 사제들과 수녀들, 많은 미국인 부부들, 영어가 가능한 세 쌍의 한국인 부부들이 참가한 영어주말 교육을, 1977년 3월 처음으로 한국어 주말을 시작했다. 지금은 전국 16개 교구에서 ME주말교육이 실시되고 있다. 현재까지 수강한 부부 수는 9만 쌍에 이른다. 전국 단위의 한국 ME협의회와 각 교구별 ME협의회가 있다. 각 성당에는 ME나눔모임소공동체가 활동하고 있다.

기적을 이루는 사랑, 본당은 우리, 참부모가 되는 길, 참부부가 되는 길, 주의평화 아멘, 현존, 프로그램 등 다양한 사도직 프로그램이 운영되고 있다. 약혼자를 위한 프로그램, 젊은이들을 위한 Choice 프로그램, 장애인을 위한 프로그램, 이혼 직전에 있는 부부들을 위한 프로그램 등을 운영하고 있다. (ME 만남의 집 02-511-9901~2)

4. ME운동의 가치관과 비전

ME는 부부일치를 통해서 먼저 자신과 가정을 쇄신한 다음 교회공동체와 사회에 사랑을 전하는 선교사명을 갖고 사도직을 수행한다. 부부일치의 힘으로 세상을 아름답고 사랑이 가득 찬 세상으로 변화시킬 수 있다는 믿음으로 세상을 향해 나아가 사랑을 실천한다.

5. ME로고

빨간 하트는 사랑을 의미한다. 두 개의 노랑원은 부부를, 두 원이 겹치는 공간의 십자가는 하느님을 뜻한다.

부부가 점점 가까워져 겹치는 부분이 커져서 하나의 원으로 합쳐지면 그 만큼 하느님 계시는 공간이 커진다. 하느님과 부부가 완전히 하나가 될 때 사랑의 관계로 일치를 이룬다.

부부의 사계절

우리를 사랑한
참 그리스도인,
마진학 도널드 신부님을
추모하며

손병두 (요한 돈보스코)
박경자   (율리아나)

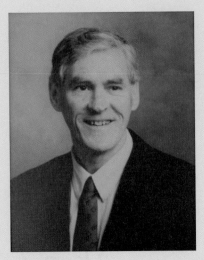

▲ 한국에 ME와 CHOICE를 도입한 마진학 신부

1977년 2월쯤으로 기억된다. 우리 부부가 강서구 화곡동에 살 때였다. 어느 날 퇴근하여 집에 오니 김진헌 클레멘스, 송호전 데레사 부부로부터 저녁시간에 최광석 사목위원 집에서 ME에 대한 소개모임이 있으니 왔으면 좋겠다는 전갈이 와 있었다.

그전에 우리 본당 사목위원 중에 영어로 진행되는 'ME주말'에 다녀오신 부부가 몇 부부 계셨는데, 참 좋다는 이야기도 들어서 호기심을 갖고 집사람과 함께 갔더니 벽안의 미국 신부님

부부의 사계절

한 분과 수녀님이 와 계셨다.

그 미국 신부님은 메리놀회 소속 마진학馬眞學 도널드^{Donald}
^{Mac Innis}신부님이셨고, 수녀님은 착한목자수녀회 소속 아일린
수녀님이셨다. 마 신부님은 키도 크고 멋있게 생긴 신부님으로
당장 마음이 끌리는 분이셨다.

이렇게 우리와 마 신부님과의 첫 만남이 시작되었다. 참으로
역사적인 만남이었다. 우리의 삶이 새롭게 바뀌는 대전환의 만
남이었다.

마 신부님과 아일린 수녀님은 '영어 ME주말'을 먼저 체험한
김진헌 교수 부부, 최광석 부부, 서강대 임진창 교수 부부와 함
께 우리 부부, 김철환 부부 등 초대된 부부에게 'ME주말'에 대
한 체험 이야기를 들려주며 3월에 있을 '우리말 ME주말'에 초
대한다고 했다.

그리하여 우리 부부는 '우리말 첫 ME주말'을 체험할 수 있는
은총을 받게 되었다. 'ME주말'은 수원 '말씀의 집'에서 있었는
데, 그 당시 토요일도 근무하던 때라 우여곡절 끝에 주말에 겨
우 갈 수 있었고, 마 신부님, 김진헌·송호전 부부, 인천 홍성훈·
이화숙 부부, 부천 박희동·문정자 부부가 발표팀으로 봉사하
셨다.

◇ 마진학 신부님이 가정교사가 되시다

'ME주말'을 체험하면서 우리 부부는 눈물도 많이 흘렸고, 진정으로 나와 배우자와 주님을 만난 기쁨으로 충만하여 가슴이 벅차올랐다. 그 순간을 어찌 잊을 수 있으랴.

우리 부부는 곧 그때 받은 사랑과 은총을 남에게도 나누고 싶은 열망으로 불타올랐다.

그 당시 나의 회사생활은 별 보기 운동을 한다고들 할 정도로 고되었다. 아침 일찍 별이 떴을 때 출근해서 밤늦게 별이 반짝일 때 퇴근하는, 제대로 된 휴일도 없이 일하던 시절이었다. 그렇기에 ME봉사부부로 활동한다는 것이 물리적으로 힘든 것은 당연했다. 그럼에도 불구하고 우리 부부의 마음속을 뜨겁게 했던 성령의 인도를 받아 주말봉사부부가 되기로 결심했다.

디퍼 주말 체험이 끝나자 바로 8월부터 발표부부로 봉사해야 한다고 했다. 발표 주제는 <현대사회> 부분이었다. 나는 새벽에 일찍 일어나 발표준비를 했다. 밤잠을 설쳐 가며 집사람과 함께 대요에 따라 일차로 발표문을 작성했다. 마 신부님께서는 주말에 우리 집에 오셔서 함께 숙식하며 발표문을 일일이 감수해 주시고 지도해 주시는 엄한 가정교사가 되어 주셨다. 이때 신부님의 자상함과 따뜻한 마음에 우리는 더욱 ME를 사랑하게 되었고, ME에 대한 소명의식에 불타올랐다.

부부의 사계절

◇ 참 목자의 모습을 보이신 분

내가 직장에서 하루아침에 쫓겨나게 되었던 때이다. 그 길로 나는 늦은 나이였지만 더 나은 미래를 위해 홀로 미국으로 유학을 떠났다. 자연스레 4명의 연년생 애들을 돌보고 가계를 꾸리는 일은 율리아나 몫이 되었다. 율리아나는 대학에 강사로 나가던 일을 그만두고 영동백화점 내에 신라명과 빵집을 운영하였다. 그 당시는 내 주위의 직장동료나 누구도 내 편이 되어 주지 못하고 갑작스럽게 실직당한 나를 죄인처럼 외면하고 있을 때였다. 우리 가족들은 황야에 내쫓긴 양들처럼 외롭게 생존투쟁을 해야 했다.

당시 율리아나가 힘들었던 것은 매장에서 하루 종일 주인 겸 점원 노릇을 하느라고 발이 퉁퉁 붓도록 서서 일해야 했던 육체적 고통이 아니고, 주변으로부터 따돌림을 당하는 정신적 외로움이었을 것이다.

이때 마 신부님이 한 달에 한 번씩 꼭 찾아와서 율리아나에게 밥을 사 주며 따뜻하게 위로해 주셨다.

외롭고 슬픔에 지친 한 마리 양을 찾아 한없이 사랑을 베풀어 준 이런 사랑이 바로 참 목자의 사랑이 아니었던가 싶다.

마 신부님이야말로 예수님의 말씀을 실천하신 참 제자요 사제가 아니었던가!

◇ 세계에서 가장 용감한 운전기사

마 신부님이 어머니 신병을 돌보시기 위해 고향인 미국 메인주에 가 계실 때였다. 마침 그때 나는 보스턴에서 공부를 하고 있었는데, 율리아나가 애들 방학기간을 이용해 어렵사리 나에게 올 수 있었다. 5공 때 60세 미만 부부가 함께 해외에 나갈 수 없다는 어처구니없는 규제가 있을 때였지만 이순자 여사가 운영하는 심장재단의 프로그램으로 어린이들이 심장 수술하러 미국에 가고 올 때 도우미가 되어 아이 셋을 데리고 미국에 올 수 있었다.

그리하여 1984년 7월 나와 율리아나는 마 신부님의 고향 메인주 쿠아호그 베이^{Quahog Bay}에 가게 되었다. 전날 밤 잠을 설쳐가며 공부해 학기말 시험을 치르고 나서 바로 보스턴에서 메인으로 운전해서 가는 일은 몹시 고된 여행이었다. 마 신부님을 만나 내 차에 모시고 내가 운전대를 잡은 상태에서 우리 셋은 마 신부님 친구 집으로 향했다. 그런데 아뿔싸! 내가 깜빡 졸아서 중앙차선을 넘어가게 되었고, 멀리서 오는 차가 나를 마주보고 오는 것이 아닌가. 나는 얼른 정신을 차리고, 다시 차선을 바로잡아 큰 사고를 면하였다. 이때 마 신부님이 나보고 '세계에서 가장 용감한 운전기사'라며 유머스럽게 나의 실수를 커버해 주셨다. 이 얼마나 사랑스런 충고이신가?

◇ 그 유명한 '메인 바닷가재' 요리와 뱃놀이

▲ 1984년 7월 마 신부님 친구인 헨리 씨가 가톨릭 신문에 기고한 우리 부부 사진과 신문기사

Julianna Sohn steers the 'Folly' as husband Don Bosco
and Father Don MacInnis enjoy the sail in July.

▲ 신문기사에 실린 사진. 배를 타고 있는 마 신부님과 돈보스코와 율리아나

부록

마 신부님의 메리놀회 친구이자 작가이며 신문칼럼 기고가인 헨리 고셀린^{Henry Gosselin} 씨는 캐스코 베이 섬들^{Casco Bay Islands} 중 작은 섬에 개인별장과 작은 돛단배를 갖고 있었다. 그분은 마 신부님 초청으로 한국에 온 적도 있는 분이셨는데 우리를 위해 그분의 별장으로 초대해 직접 바닷가재를 잡아서 그 유명한 '메인 바닷가재' 요리를 맛있게 해 주셨다.

그리고 그분이 갖고 있는 돛단배에 우리를 태워 섬 주변을 구경시켜 주었다. 마 신부님은 율리아나가 돛의 방향을 바람에 따라 잘 조정해 항해하는 것을 보고 일등항해사라고 추켜세워 주기도 했다. 정말 공부에 지친 나와 생활에 지친 율리아나에게 더없는 생기를 불어넣어 주는 여행이었다. 아마도 이러한 휴가는 우리 일생에 있어서 최고의 것이 아니었나 생각된다. 헨리 씨는 우리를 만난 이야기를 그곳 가톨릭 신문에 사진과 함께 실었고, 그 신문기사를 우리에게 보내 주어 우리가 지금도 소중한 추억으로 간직하고 있다. 이러한 사랑과 관심, 세심한 배려는 마 신부님이 얼마나 ME부부들을 사랑했는지 웅변으로 말해주는 사건 중 하나에 불과하다.

부부의 사계절

◇ 신부님과 함께한 마지막 ME주말

▲ 1990년 하와이 제3차 ME주말기념패

돈보스코가 미국에서 귀국해 팀부부로 다시 활동하기 위해 ME주말에 참관부부로 갔다 온 후 발표준비를 했다. 그러던 중 1990년 하와이 주말이 마련되었다. 마 신부님이 미국에 계셔서 직접 하와이로 오시고 우리 부부는 한국에서 하와이로 가서 신부님과 만나 팀 미팅을 하게 되었다. 팀 미팅 중에 신부님과 함께 수영도 하고, 이곳저곳을 다니며 구경도 하면서 추억을 쌓았다.

신부님은 어느 주말 때보다 정성을 기울이는 것 같았다. 우리 부부도 첫 주말 발표 때처럼 설렘으로 가득 차 열심히 발표를 했다. 참으로 감동적인 ME주말이었고, 우리 부부도 다시 태어난 느낌이었다. 이 하와이 ME주말이 마 신부님께는 신부로서 마지막 봉사였고, 그것을 우리 부부와 함께했다는 것이 참으로 운명적으로 느껴진다. 지내고 보니 그때 이미 신부님께서는 환속하기 직전 고민 중에 계시면서 마지막 주말봉사를 하신 것으로 짐작된다.

◇ 참 사제요, 참 평신도이며 가장이셨던 마 신부님

신부님과의 추억을 일일이 다 쓸 수 없는 아쉬움이 남는다. 하와이 주말 이후 신부님과는 1993년 8월 뉴욕 럿거스대학에서 미국ME 25주년 대회 때 만났다. 그때 이미 사제로서 떠나실 준비를 하고 있었던 때였다.

신부님이 환속하신 후, 2004년 6월 한국 ME가족들이 신부님과 딸 안나 매리를 초청했을 때 서울분도회관에서 뵙게 되었다. 그 뒤 전화나 편지로 소식을 주고받았지만, 곤궁하게 사신다는 소식을 듣고도 바쁘다는 핑계로 찾아뵙지 못했다. 가서 뵙고 우리가 받은 만큼이라도 위로를 드렸어야 했는데 그렇지 못했으니 가슴의 한으로 남는다.

신부님은 참 사제의 삶을 사셨지만 환속 후 가장으로서, 평신도로서도 모범적인 삶을 사셨다고 들었다. 무엇보다도 한국 ME 가족들을 사랑하시어 돌아가실 때 한국에 시신을 묻어 달라고 유언을 하셨고, 우리 곁으로 돌아오셨다.

부부의 사계절

◇ 우리 곁에 영원히 모신 마진학 신부님

(1932.11.18 ～ 2011.5.3)

▲ 용인천주교공원묘지에 안장된 마 신부 묘소

　2011년 5월 3일 우리의 영원한 사제 마 신부님이 미국 메인주 뉴캐슬 자택에서 향년 79세로 선종하셨다. 한국을 잊지 못하여 유해가 한국에 묻히길 원하시어 6월 27일(월) 그분의 화장된 유

골이 한국으로 돌아왔다. 문제는 그분을 어디에 모시느냐였다. 환속하였으므로 성직자 묘역에는 묻힐 수 없고, 그렇다고 아무데나 모실 처지도 아니었다. 이 문제에 대해 ME신부님들과 부부들은 성콜롬방외방선교회 전요한 신부님 사무실에 모여 어떻게 해야 할지 논의가 분분했다. 우리 부부는 용인 천주교 묘역에 미리 두 사람이 들어갈 묘지 2개를 마련해 두고 있던 때였다. 그래서 한 묘지를 신부님 묘지로 드리고, 하나는 우리 부부가 합장하면 되겠기에 우리 부부가 마련한 한 묘소에 신부님을 모시기로 결정하고 ME가족들의 동의를 얻어 2011년 7월 18일 (월) 오전 10시에 우리 부부 묘소 자리에 마 신부님을 모실 수 있게 되었다.

1977년에 만나 ME발표팀으로 마 신부님과 우리 부부가 ME 활동을 시작한 이래 34년 만에 이제는 마 신부님을 우리 부부 묘지에 모시고 영원히 함께할 수 있게 되었으니 인연치고는 참으로 묘한 인연이 아닐 수 없다.

이 시점에서 마 신부님을 생각하면 떠오르는 추억이 한두 가지가 아니다. ME조직과 운영체제를 둘러싸고 서로 갈등하기도 했고, 제주도에 가는 주말에는 강한 비바람에 비행기가 뜰 수 없어 자칫 해외출장일정을 놓칠까 봐 마음 졸이며 함께 기도했던 일, 한국에서 열린 세계 ME대표자 회의 때 회의록 기록을 맡아 내가 신부님을 도왔던 일, 또 ME소개모임, 사도직 프로그램을 함께했던 일들, ME 홍보 및 연구소일을 맡아서 새로운 프로그램을 준비하던 일, 교통순경한테 신호위반으로 걸렸을 때 입 다물고 한국말 모르는 사람처럼 시치미를 떼던 때의 신부님의 모습, 우리 부부와 함께 봉사한 하와이 ME주말을 마지막으로 사실상 ME활동을 접기로 하고 고뇌하시던 신부님 모습, 1993년 미국 럿거스 대학에서 ME25주년 행사 때 만나 환속하기로 결심했다는 충격적인 이야기를 들었을 때의 아쉬움과 안타까움 등등…. 주마등처럼 스쳐지나가는 크고 작은 추억들이 그립기만 하다.

비록 환속했지만 한국 ME는 그분을 결코 잊어서는 안 될 것이다. 한국에 ME를 최초로 도입했으며, 한국 ME 초창기의 주춧돌이자 역사이며, ME가족들 한 사람 한 사람을 사랑했으며, 우리 사회를 행복하고 아름다운 세상으로 바꾸기 위해 빛이 되고자 열정을 쏟았던 분이셨다.

마 신부님은 우리 ME가족들 가슴속에 늘 현존하시는 분임이 틀림없고, 영원히 잊지 못할 분이시기에 그분께 무한한 감사를 드린다.

우리 집에 마 신부님의 영정을 모시고 매일 아침 천국에서 천주의 자비하심으로 영원한 평화의 안식을 누리시도록 기도드리고 있다. (2020.3.19)

출간후기

권선복
| 도서출판 행복에너지 대표이사

결혼 52주년을 맞이한 박경자 저자가 담백하고 진솔하게 결혼에 관한 질문에 대해 답합니다.

'다르다고, 틀렸다고, 고집 세우지 않고, 달팽이처럼 열심히 노력해서 소통할 때 공감할 수 있었고, 그래서 힘이 더 보태지더라.'

전하는 말 속에 오랜 세월 쌓아온 깨달음이 엿보입니다.

달팽이가 움직이려면 오랜 시간이 걸립니다. 하지만 꾸준히 전진하는 게 안 하는 것보다는 낫습니다. 소통하기 위해서 최선을 다해야 합니다. 그러면 에너지가 생겨나서 부부 관계에 동력이 됩니다. 나를 생각하면서도 상대방을 배려하고, 화가 날 때도 인내심을 가지고 손을 내미는 것, 그것이 부부 사랑이 아닐까 싶습니다.

글 곳곳에서 남편과의 소통을 포기하지 않으려 하는 강단과 의지가 엿보이고, 사랑스러움을 간직한 배우자에 대한 감사함이 느껴집니다.

사랑만으로 다 해결되지 않지만, 또 그렇게 서로의 결점을 보듬어 가면서 자신이라는 에고를 깎아 내는 여정이 결혼생활이 아닐까 합니다. 즉 결혼은 한 인간으로서의 완성에 영향을 미치는 중대사인 것이지요.

글 하나하나에 부부로서 맺은 애환과 웃음, 성찰이 담겨 있는 책을 읽다 보면 결혼이란 많은 숙제를 던지는 동시에 가장 솔직하게 자기점검을 할 수 있는 시험이 아닌가 싶습니다. 부부란 그렇게 서로를 완성시켜 가는 동반자입니다. 인생이 가지각색이듯 결혼도 가지각색의 색깔로 물들어 갑니다. 52주년이 지나 이런 책을 펴낼 수 있는 부부의 색깔이 못내 아름다워 보입니다.

52년이란 세월 속에 얼마나 많은 일들이 있었을까요?

서로가 서로를 믿음으로 같이한 부부에게 모든 기억이 예쁘게 채색되지 않았나 싶습니다.

언제나 평탄하기만 한 길은 아니었겠지만 그래서 그 길을 지나온 부부의 두 발이 더 짠한 울림을 줍니다.

결혼이란, 사랑이란, 부부란 무엇인가에 대하여 다시 한번 생각해 볼 수 있게 하고, 솔직한 답변 속에서 슬그머니 웃음 짓게 만듭니다.

서로 신뢰와 애정을 가지고 부부로서 발맞추어 나아가는 모습이 참으로 귀감되는 책입니다.

5월 21일, 부부의 날을 맞이하여 뜻깊게 출간된 사랑과 결혼에 관한 책이 부부들은 물론이고 젊은 청춘남녀들에게도 잔잔한 울림과 함께 생각할 거리를 던져 줄 것이라고 믿어 의심치 않습니다.

많은 사람들이 결혼생활 속에서 풍요로워지기를 바라며 맑은 행복에너지가 기운차게 선한 영향력과 함께 대한민국 방방곡곡에 전파되기를 기원 드립니다.

'행복에너지'의 해피 대한민국 프로젝트!
〈모교 책 보내기 운동〉

대한민국의 뿌리, 대한민국의 미래 **청소년·청년**들에게 **책**을 보내주세요.

많은 학교의 도서관이 가난해지고 있습니다. 그만큼 많은 학생들의 마음 또한 가난해지고 있습니다. 학교 도서관에는 색이 바래고 찢어진 책들이 나뒹굽니다. 더럽고 먼지만 앉은 책을 과연 누가 읽고 싶어 할까요? 게임과 스마트폰에 중독된 초·중고생들. 입시의 문턱 앞에서 문제집에만 매달리는 고등학생들. 험난한 취업 준비에 책 읽을 시간조차 없는 대학생들. 아무런 꿈도 없이 정해진 길을 따라서만 가는 젊은이들이 과연 대한민국을 이끌 수 있을까요?

한 권의 책은 한 사람의 인생을 바꾸는 힘을 가지고 있습니다. 한 사람의 인생이 바뀌면 한 나라의 국운이 바뀝니다. **저희 행복에너지에서는 베스트셀러와 각종 기관에서 우수도서로 선정된 도서를 중심으로 〈모교 책 보내기 운동〉을 펼치고 있습니다.** 대한민국의 미래, 젊은이들에게 좋은 책을 보내주십시오. 독자 여러분의 자랑스러운 모교에 보내진 한 권의 책은 더 크게 성장할 대한민국의 발판이 될 것입니다.

도서출판 행복에너지를 성원해주시는 독자 여러분의 많은 관심과 참여 부탁드리겠습니다.

도서출판 **행복에너지** 임직원 일동